妹の友達の
美人ヤンキー
JK
I was taking care of my sister's friend, a cute high school girl, and then we liked each other.
世間知らず過ぎて世話を焼いていたら惚れられました

CONTENTS

妹の友達の美人ヤンキーJK
世間知らず過ぎて世話を焼いていたら惚れられました

マリパラ

ファンタジア文庫

3105

口絵・本文イラスト　一乃ゆゆ
原作／漫画　セカイノフシギ

妹の友達の美人ヤンキーJK

世間知らず過ぎて世話を焼いていたら惚れられました

I was taking care of my sister's friend, a cute high school girl, and then we liked each other.

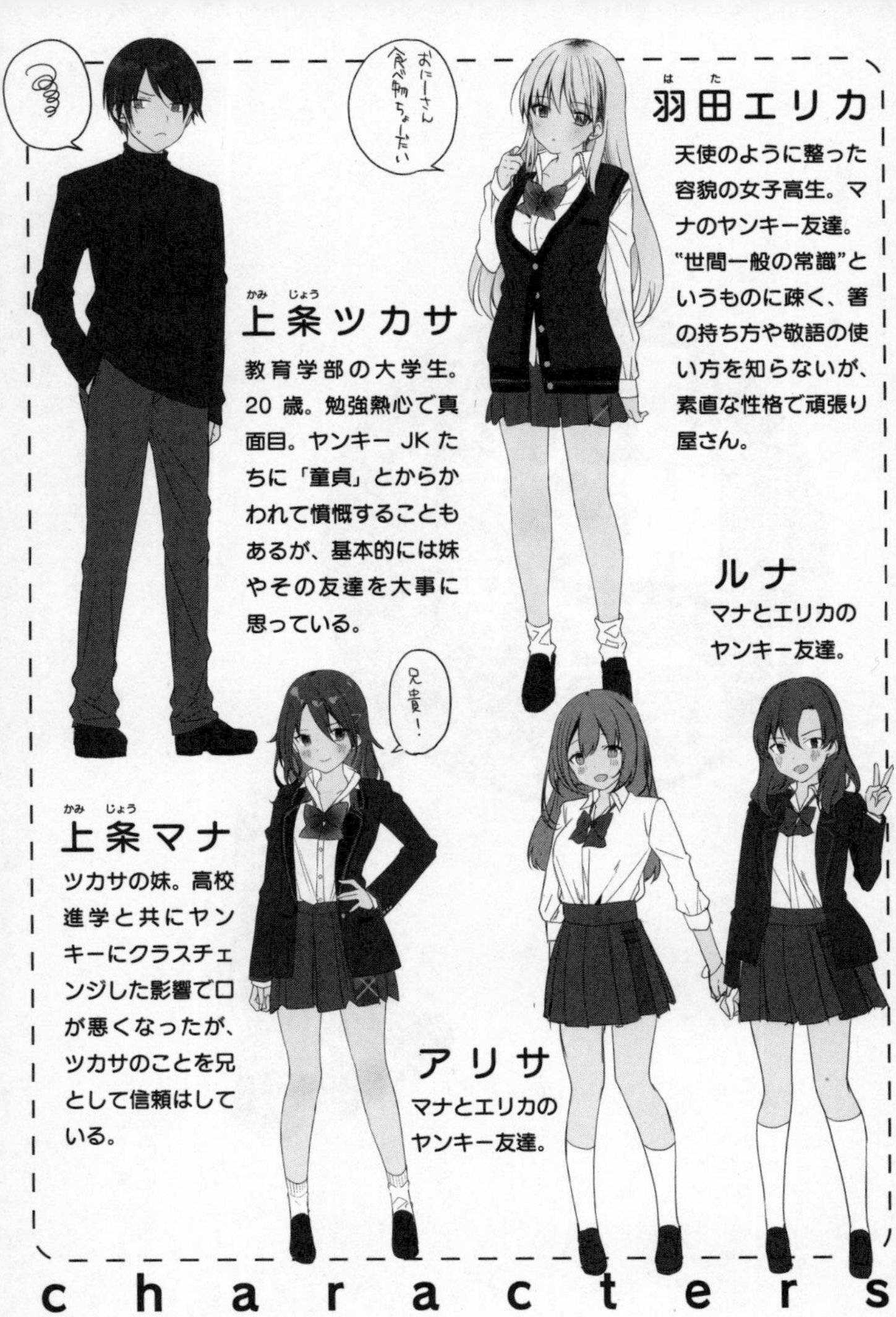

羽《は》田《た》エリカ

天使のように整った容貌の女子高生。マナのヤンキー友達。“世間一般の常識”というものに疎く、箸の持ち方や敬語の使い方を知らないが、素直な性格で頑張り屋さん。

上《かみ》条《じょう》ツカサ

教育学部の大学生。20 歳。勉強熱心で真面目。ヤンキー JK たちに「童貞」とからかわれて憤慨することもあるが、基本的には妹やその友達を大事に思っている。

ルナ

マナとエリカのヤンキー友達。

上《かみ》条《じょう》マナ

ツカサの妹。高校進学と共にヤンキーにクラスチェンジした影響で口が悪くなったが、ツカサのことを兄として信頼はしている。

アリサ

マナとエリカのヤンキー友達。

c h a r a c t e r s

プロローグ

彼女いない歴が年齢と一緒のまま、二十年経《た》った。

別に、異性に興味がなかったわけじゃない。中学の時には片想《かたおも》いをしている女子がいたし、高校の時には理想の彼女を思い描いていた。

しかし、彼女が欲しいという願望と、彼女が出来るという現象は一致しない。欲しいと思ったら手に入るコンビニのおにぎりくらい手軽なものだったら、この世に彼女が欲しくて泣いている男は一人もいないはずだ。

女性と縁がないことに薄々危機感を抱いていた。だが、もうそんな焦《あせ》り自体、感じないことにしようと決めた。

彼女募集休止。

諦めるのではない。一旦休んでいるだけだ。

学生たるもの勉学に励まねばならぬ。

恋愛をたしなむのは、社会人になってからでも遅くない。

なんならそこから、愛が燃え上がった瞬間に結婚出来る展開が理想的。

だから今は彼女なんて要らない。

欲しいとも思わない。

俺は将来優良な夫になるべく、未来の妻のために誠心誠意勉強に励むのだ。

そう割り切った俺は、傍《はた》から見れば味気ない勤勉な大学生になっていたんだが……。

俺──上条《かみじょう》ツカサは、ある日、女子高生に押し倒されていた。

光に透けるような金髪の美少女が、俺を見下ろしながら頬を桃色に染めている。

天使だと言われたら、なるほどそうですかと納得してしまいそうになる整った容貌。その金髪の髪は毛先が近づくにつれて白っぽく光っていて神々《こうごう》しい。根本の髪がちょっと黒いのが、彼女が天使でなく不完全な人間であることを示していた。

そんな彼女の薄紅色の唇が開いた。

「一生ついていきます‼ 兄貴‼ 私を舎弟にしてください‼」

黙って座っていれば、数多《あまた》の男が一瞬で目を奪われ、心を奪われるだろう。

しかし彼女は、下心を持って近づく男を蹴散らしそうな、勇ましく鋭い目つきをして言い放った。

彼女のような者を、人はヤンキーと呼ぶ。

「兄貴って……俺は舎弟なんて持つ気はないぞ？」

「そうなのか⁉」

「だって俺はヤンキーじゃないし……」

「そっか、確かにそうだよな……。じゃあ、じゃあ……」

金髪の美少女はしばし思案し、ハッと目を見開いた。

「そうだ、夫婦になろう！　結婚したい‼　結婚してください‼」

「はぁぁぁ⁉」

俺の困惑の声が部屋に響く。

言っておくが俺はまだ、彼女いない歴イコール年齢のまま。

つまり俺と彼女は付き合ってもいない。

——なのにいきなりプロポーズされることになるとは……。

俺と金髪の美人ヤンキー——羽田《はた》エリカがこんなことになるなんて、かつて俺は想像もしていなかった……。

1話

四月中旬。

昼下がりの国立S大学。

腹を空《す》かせて昼食を求める学生たちで密になっている学生食堂。そこで俺も、腹を満たすためにうどんを啜《すす》っていた。

同じテーブルには、俺と同じ教育学部の男子学生が二人。メガネをかけたイケメンは、星野《ほしの》。茶髪のオシャレ男子は、徳永《とくなが》。二人は昨年の入学当初から仲の良い俺の友達だ。

「今日、大学に来る途中でめちゃめちゃ可愛《かわい》いJKとすれ違ってしまったんだが、ワンチャンあると思うか？」

いきなり星野が、真面目な顔をしてそう言った。

クールな顔をしてたまにアホなことを言うこいつを、俺は残念なイケメンだと思っている。

「いや、JK相手にワンチャン狙うんじゃねぇよ。一生大事にする覚悟しろよ。いやその前に、教育学部に通いながら未成年に手を出すな」

俺が早口でツッコむと、星野がスッと人差し指でメガネの位置を直した。

「まだ手を出すなんて言ってない。付き合うチャンスはあると思うかと聞きたかったんだ。それから言っておくが、別に教師になってからＪＫと付き合う気はない。今だからこそ言ってるんだ」

――いや、今でもどうなんだよ……？

『まだ手を出すなんて言っていない』と言ったが、付き合ったらその先に何があると思っているのか。百人に聞けば百人、みんな同じ答えに行き着きそうなものだが。

俺が呆《あき》れて物を言えなくなっていると、徳永が言う。

「イケんじゃねぇの？　高校生と大学生なら、年の差も大してないし。大学生は同級生にはない大人の魅力があるから、コロッといくぜ？」

「既にコロッといかせたことがあるようなセリフだな……」

徳永の話を聞いて、俺は顔をしかめる。すると徳永がけろりとした顔で言った。

「そりゃあるだろ」

「あるんかい……」

ガックリ項垂《うなだ》れる俺。

そんな俺を見て徳永が笑う。

「なんだー？　羨ましいかー？　そうだよなー女子高生っていう生き物は魅力しかないからな！　あの輝き！　瑞々《みずみず》しさ！　どれも女子高生にしか持てない特別なものだ！」

　徳永は一見ファッションモデルのようにオシャレな男。しかし何故《なぜ》か、中身は中年のオッサンみたいだ。

　どこかの曲がり角でオッサンとぶつかった拍子に、中身が入れ替わってしまったに違いない。俺は自分にそう言い聞かせている……。

「羨ましくなんてない。俺は女子高生に興味がないんだ。絶対に女子高生は恋愛対象にならない」

　俺がムスッとして言うと、星野が首を傾《かし》げた。

「なぜだ？　年上好きか？」

「そういうんじゃなくて……妹が女子高生だから、なんとなく女子高生全般に対して、そういう気持ちは持てないんだよ……」

「ほー？　なるほど？　女子高生全員が妹感覚なのか？」

「まぁ、多分そんな感じ」

　俺には十七歳、今年高校二年生になった妹がいる。だから、妹の友達が家に出入りするなんて日常茶飯事だ。

身近にいるし、妹の友達と距離を縮めようと思えば出来るかもしれない。しかし、妹が連れてくる友達を狙うなんて真似《まね》は出来ない。俺と妹の友達の間で何かあって、妹と友達の仲が悪くなるのも嫌だ。

そうやって『良いお兄ちゃん』になろうとした結果、俺は女子高生を恋愛対象から排除した。

俺は自ら進んでそういう風になったのだ。

しかしどういうわけか、徳永が俺に切ない表情を向けた。

「つまり、言い寄ってくれる妹の友達が一人もいなかったせいで、俺は女子高生になんて興味がないと意固地になっちゃったんだな……」

「ちーがーう‼　てか、俺は大学生の間恋愛する気がないから、そういうのはマジでどうでもいいの‼」

――くそ……自分がモテるからって、人を勝手に哀れみやがって……。

何をせずとも、自然にモテモテな人生を歩んできたであろうこの二人。勉強その他の話は合うんだが、恋愛事になるとまるきり話が合わない。

圧倒的恋愛経験の差。

恋愛という土俵において、俺が二人と対等に渡り合うことは不可能。そんなの、去年のうちに嫌というほど思い知らされてきた。

女性経験もない悲しき二十歳《はたち》は、黙ってこの話題が終わるのを待つしかないのだろう。

俺が話に加わるのを止《や》めて残りのうどんを啜っていると、徳永がニコニコと話しかけてきた。

「で？　妹ちゃん可愛い？　あと、妹ちゃんの友達に可愛い子いる？」

「絶対に紹介しないから」

低い声で言うと、徳永が顔を引きつらせた。どうやら俺の本気が伝わったらしい。

──まぁマナに会ったところで、マナに蹴っ飛ばされるだけだと思うけど。

最近特に凶暴さが増している茶髪の妹、マナの姿を思い浮かべながら、俺はうどんのスープを飲み干した。


夜十一時。

居酒屋のバイトから帰ってきた俺は、自宅玄関が騒がしいことに気づいて、ドアを開けようとした手を止めた。

すると、俺が触れようとしたドアノブが回り、ドアが押し開けられる。

「マナ！　また明日なー！」

「アリサもルナも、気をつけて帰れよー」

家の中の電気の光、そして活発そうな女子高生の声が、ドアの隙間から先に外に飛び出してきた。

続けて、赤髪のＪＫと、茶髪ロングヘアのＪＫが外に出てくる。赤髪の子がルナで、ロングヘアの子がアリサという名前だ。

髪を染めて制服を着崩した二人は、一見ギャルにも見える。しかし二人は妹の同属、ヤンキーである。

「あ、ツカっち！　何？　デートして来た？」

ルナちゃんが俺を見てニヤッと笑った。

「バイトだよ……」

俺がそう返すと、アリサちゃんがわざとらしく溜《た》め息《いき》をついた。

「まったくルナってば……マナの兄さんに彼女が出来てたら、あたしたちは今ここにいないって」

「は？　何でだよ？」

アリサちゃんの言葉の意味が分からなくて、聞いてみた。

するとアリサちゃんはニッコリ笑って言った。

「マナの兄さんに彼女が出来たら、地球が割れてるから！」

「それだけありえないと言いたいのかな？」

「そんな……別に地球が割れる確率がゼロだとは思ってないぞ？」

「くそ！　覚えてろよ！　社会人になったらお前らが度肝を抜かれるような絶世の美女と結婚してやるからなぁ！」

「あ、その確率はゼロだね」

「やかましい！　さっさと自分の家に帰れ！　不良少女ども‼」

俺は、ルナちゃんとアリサちゃんを追い立てるように怒鳴る。すると、ルナちゃんとアリサちゃんは大声で笑いながら走っていった。

「気をつけて帰れよー！」

最後にそう付け足すと、ルナちゃんとアリサちゃんが振り返って大きく手を振ってきた。

見た目はヤンキーだし、素行が悪いし、人をからかうのが趣味。妹の友達でなければ近づきたくないが、妹の友達としては嫌いじゃない。俺は心からそう思っている。

俺が二人に手を振り返していると、マナが俺の横で腕を組んでサラッと言った。

「彼女いなくて女に飢えてるからって、私の友達に遊び半分で手ぇ出したら承知しないからな」

「はいはい……しませんよそんなこと。俺は社会人になるまで恋愛する気がないんで」

というかその発言は、『本気なら良い』と言っているようにも聞こえるんだが……それは気のせいか。

「そんなこと言ってても分かんないからな。私の友達、みんな可愛《かわい》いし」

どこか自慢げな妹。

そんな妹を見て、俺は目を細めた。

俺は、マナの口から『友達』という言葉が出てくることが嬉《うれ》しかった。

実はマナは中学の時、不登校気味だった時期がある。

あの頃のマナはこんなヤンキーじゃなくて、大人しくて気の弱い女の子だった。そのせいでクラスメートに弄《いじ》られるようになり、マナは学校に行けない日が増えた。

そんな時マナを救ってくれたのが、ヤンキーの同級生だった。

ヤンキーの同級生と仲良くなったのをキッカケに、マナはヤンキーにクラスチェンジ。何も恐れるものがなくなったのか、中学を無事に卒業し、さらにはヤンキーばかりいる高校に通うことに。

マナはヤンキーになったことで、見た目は派手になったし言葉遣いは悪くなった。でも、毎日楽しそうで俺は嬉しい。

──学校に行けなくなりそうだった時のマナは、見てられないくらい辛《つら》そうだったもんな……。

俺は兄として、妹と仲良くしてくれるヤンキー友達に感謝していた。

妹の友達に抱く感情なんてそれで充分。それ以上の感情を持つなんて、ありえない。

「──妹の友達と恋愛なんて、考えらんないっての！」

俺はマナにそう言って、先に家に入った。

こういうのは、可愛いか可愛くないかの問題じゃない。

それにそもそも底辺高校のヤンキーＪＫは、俺をめっちゃ馬鹿にしてくる。これじゃ恋心を抱くキッカケが生まれないというのも、忘れちゃいけないと思った。

2話

妹のヤンキー友達を見送って、先に家に上がった。すると、後から家に上がったマナが、俺を追い越して洗面所兼脱衣所に向かう。

「私、先にお風呂《ふろ》入るから」

「え？　俺が先に入りたいんだけど……バイト帰りだし」

全面禁煙とはいえ、居酒屋でバイトしていると色んなにおいが染《し》みつく。時給が良《い》いし、短時間でそれなりに稼げるのは助かっている。でも正直、居酒屋バイトは好きじゃなかった。

酒のにおいがあまり好きじゃないのだ。自分で飲むのも苦手だし、酒との相性が良くないのかもしれない。

とにかくバイトから帰ったらまず風呂に入りたい。

しかしマナは、「バイトお疲れ様！　じゃあ先にお風呂入っていいよ！」と、にこやかに言ってくれるタイプの妹じゃない。……中学の時のマナのままだったら、そう言ってくれたかもしれないが。

俺が抗議すると、マナがあからさまに嫌そうな顔をした。

「はあ？　絶対に無理。兄貴が入ったお風呂に浸《つ》かるのなんかヤダ」

「わー思春期の典型的なやつキター」

俺の台詞《せりふ》は棒読みだ。

するとマナは俺を鼻で笑った。

「代わりに、私が入ったお風呂の残り湯を使わせてやるから、あとでありがたく入るとい
い」

――それ、本気でありがたがりながら入ったら、相当ヤバイ兄だぞ？

思わずツッコミそうになったが、止めた。

それを言ったら、本気で蹴られそうだ。どうせマナは先にお風呂に入りたいだけ。俺の悔しがる顔を見たいだけなのだから。

実の妹とはいえ、まともに言い合って勝てる相手じゃない。

マナが洗面所のドアを閉めたのを見て、俺は大きな溜《た》め息《いき》をついた。

マナは風呂が長いし、残り湯が異常に少なくなる。これなら、俺が先にさっさと入った方が効率的だ。だがそんな正論をぶつけても、マナが聞き入れるはずがない。思春期だから。

こうなっては仕方がない。マナの風呂が終わるまで、自分の部屋で待つことにしよう。

――ガチャッ。

ドアを開けると、そこは約十六時間振りの自室。

なぜか消してあったはずの電気が点《つ》いていて、俺は固まった。

俺の目がすぐさま侵入者を捉える。

マナと同じ制服を着た、金髪のヤンキー。背中まである長い髪は脱色し過ぎなのか、毛先に向かうにつれ白く光っているように見える。

この距離から見てもはっきりと分かる長い睫毛《まつげ》。くっきりとした目鼻立ち。きっと彼女を見たら、誰もが美少女と判定するだろう。

俺もこの子は美少女だと思う。

しかし、美少女だな……なんて悠長に眺めている場合じゃない。

目の前の美少女は股を広げて片膝立てて、頬杖《ほおづえ》つきながら漫画を読んでいる。

見ようとすればスカートの中までしっかり見えそうなポーズなものだから、瞬時に俺のお兄ちゃんスイッチがオンになった。

「こらー！　足を閉じなさーい！」

「は⁉」

漫画に集中していて、俺が帰ってきたことにまだ気づいてなかったのだろう。俺の怒鳴り声を聞いて、美少女……羽田《はた》エリカちゃんは飛び上がった。

「あーもう！　ビックリしたー！　なんだよ、マナのおにーさん」

「ほら！　まずは足を閉じる！」

「なんで？」

「中が見えるだろ‼」

「見なけりゃいいだろ？」

「み……見ようとしなくても見えるんだよ‼」

隙間があったら見たくなる。いつも隠されているところが見えそうなら見たくなる。この好奇心は本能に近いものだ。見ちゃいけないという意思で、完全に脳内から排除できるものじゃない。

俺が怒った顔をしていると、エリカちゃんは面倒くさそうに足を閉じた。

その面倒くさそうな態度が気になる。まるで、『いちいち気にするなよ細かいな』とでも言いたげだ。

普通こういうのって、女子なら各家庭で口酸《くちす》っぱく注意されるものなんじゃないだろうか。少なくともうちのマナは、素行が悪くなってもスカートの状態くらいは気にしているのに。

色々言いたいことはあったが全部飲み込んで、俺はエリカちゃんに聞いた。

「それより、なんでエリカちゃんは俺の部屋にいるの？」

すると、エリカちゃんは読んでいた漫画をヒラヒラと振りながら言った。

「読み始めたらうっかりハマったんだよ。あとちょっとで読み終わるところだから待って」

「他の二人はもう帰ったぞ」

「あールナとアリサは日付が変わる前には帰んなくちゃいけないみたいだしな」

「エリカちゃんは良いの？　門限的なの、ないの？」

「ないよ。いつ戻っても問題ないし、戻らなくても問題ない」

――本人はそれでいいと思ってても、ご両親は心配しているんじゃないだろうか……。

そう思ったが、言わなかった。ヤンキーになったくらいだし、複雑な家庭の事情を抱えている可能性もある。

実際ルナちゃんは母子家庭で、お母さんが男性に際《きわ》どいサービスをする仕事をしていると本人から聞いていた。

自分の家の常識で会話をすると、マナの友達を傷つける可能性が高い。俺はけっこう妹の友達との接し方には慎重だった。

エリカちゃんはそれから三十分近く漫画を読み続けた。そして俺は勉強机でノートパソコンを使い、大学の課題をこなしていた。

するとおもむろにエリカちゃんから話しかけられた。

「なぁおにーさん、もっと刺激的な漫画はないのか？」

エリカちゃんの方を見やると、持っていた漫画を本棚の前に置くのが見えた。

読み終わったのだろうか。それなら何故《なぜ》本棚に戻さないのか。

「勝手に部屋に入って俺の漫画を読んでいたことは置いといてあげるから、せめて読んだ漫画は元の位置に戻そうな？」

「あれ？　話を逸《そ》らそうとしてないかぁ？　もしかしてどこかにある？　おにーさんの趣味が溢《あふ》れるようなどえらいやつ」

「逸らそうとしてない‼　あとそんな漫画はない‼　たとえあったとしても十八歳以下には見せません‼」

「わー必死！　その感じ、この部屋のどこかにあるってことだな？」

エリカちゃんがニヤニヤしながら部屋を見回す。

まっすぐ立って微笑《ほほえ》んでいれば、ただの可憐《かれん》な美少女にしか見えないだろう。しかしエリカちゃんは、そうやって澄ましていられる性分じゃない。

エリカちゃんは屈《かが》み込んで、俺のベッドの下を漁《あさ》り始めた。

「どれどれー？　どーこーかーなー？」

俺の脳内で赤ランプが点灯する。

またしてもスカート問題が発生。俺にお尻を向けて屈んだことで、またスカートの中が見えそうになっていた。

──頭が痛い。

自由奔放すぎるエリカちゃんを見ないように、俺はパソコンに向かった。

「そんなところにはない。探しても無駄だぞ」

「えー？　そうなの？　でも、アリサのおにーさんはベッドの下に隠してたぞ？」

──君は人様の家で、何をしてきたんだ？

既に存在していた被害者に対し、心の中で手を合わせる。きっと心のオアシスを曝《さら》され、ヤンキー女子に弄《いじ》られるという地獄の時間を過ごしたに違いない。

尊い犠牲を無駄にしないために、俺は先手を打つことにした。

「じゃあハッキリ言うけど、俺は紙派じゃない」

「何!?　電子書籍派か!?」

「そういうこと。ガチガチにパスワードかけてるから、エリカちゃんが見るのは不可能だ。ハッキング出来るようになってから出直してきな」

「うぐ……底辺高校に通うヤンキーに、そんな高度な技術が習得出来るわけない……‼」

エリカちゃんが悔しそうに顔を歪《ゆが》めた。

眉間にシワを寄せても美少女なんだけど、なんかもったいない気がするのは俺だけじゃないはずだ。

ちなみにわざわざ注意を電子機器に向けさせたが、俺のパソコンにもタブレットにも、そんな怪しいものは一切入っていない。俺の愛読書は全然違う本のカバーを掛けて、押し入れの中の小難しそうな大学の教本の中に紛れ込ませてある。

さっきのは探すこと自体を諦めてもらうための虚言。

そして俺の思惑通り、エリカちゃんは大袈裟《おおげさ》な溜め息をついた。

自力ではどうにもならないと分かって観念したのだろう。実に正しい判断だ。ありがとう。

「ちぇーつまんないのー。じゃあ、私もそろそろ行くかなー」

帰る……と言わなかったのが、少し気になった。

「おにーさん、またなー」

ヒラヒラと雑に手を振って、エリカちゃんが俺の部屋を出ていく。

「おー気をつけてなー」

俺はルナちゃんとアリサちゃんを見送った時のように、声をかけた。

――ようやく一人になれたな……。

妹の友達だし、どうしても気を遣う。やっと自分の部屋に帰って来た気分で、ホッと息をついた。

静かになった部屋に、廊下で話すマナとエリカちゃんの声が聞こえてくる。

「あ、エリカも帰るの？」

「うん、マナ、まったなー！」

「また明日ねー」

エリカと話す時のマナの声は、一際《ひときわ》明るい。

マナには何人ものヤンキー友達がいるし、いつも一緒につるんでいるルナちゃんやアリサちゃんとすごく仲がいい。

だが、中でもエリカちゃんは特別だ。

なぜならエリカちゃんこそが、マナが学校に馴染《なじ》めず不登校になりそうだった時、マナを助けてくれた救世主だからだ。

——友達が出来たの。金髪のね……天使みたいな子。

少しずつ明るさを取り戻していたマナが、初めてその友達のことを話してくれた時の台詞《せりふ》を、今でも覚えている。

マナが天使と言うくらいだし、俺は綺麗《きれい》で優しい子を想像していた。だからマナが初めて家にエリカちゃんを連れてきた時は、言葉を失った。

その友達は金髪の天使じゃなくて、金髪のヤンキーだったからだ。

可愛《かわい》い顔してるくせに俺に鋭い眼光を向けて、「ちーっす」と挨拶してきたエリカちゃん。俺は動揺のあまり、思わず「ちーっす」と返してしまった。そんな挨拶、人生で一度もしたことなかったのに。

しかしまぁそれがエリカちゃんのお気に召したらしく、それからエリカちゃんは俺を『おにーさん』と呼んで懐《なつ》いている。

マナにとってエリカちゃんは、親友であり恩人。

だから俺も、エリカちゃんには特に感謝している。

「ん？」

ふと自分のベッドに近づくと、甘いにおいがした。自分のものではない、自分の持ち物から漂ったことのない、いいにおいだ。

「なんだこのにおい……なんか嗅ぎ覚えがあるような……？」

さっきまでいたエリカちゃんのにおいだろうか。いや、さっきエリカちゃんが近くを通った時に、こんなにおいはしなかったような……。

首をひねりながらシーツのにおいを嗅いでいると、急に後ろから声をかけられた。

「何してんのかなぁ？」

楽しそうな声。

ドキっとして振り向くと、俺の後ろにニヤニヤして俺を見下ろすマナがいた。

「お風呂《ふろ》空いたぞって言いに来たんだけど、何してんのかなぁ？　まさか、エリカの残り香を嗅いでたのかぁ？」

「ち、違う‼　違うって‼　なんか妙なにおいがするから何かなって思ってただけだから‼」

「ふーん？　エリカを狙ってるわけじゃないのか？」

「狙ってないよ。俺はエリカちゃんを妹くらいにしか思ってないから」

「ホントかなぁ？　エリカは美人だから、兄貴が興味持ってもしょうがないと思うけど？

でも、正面切って告白出来ないからって、におい嗅いで満足する変態にはならないでくれよ」

鼻で笑いながら、マナが部屋から出ていった。

「ならないって……」

俺は頭をガリガリ掻《か》いた。

どいつもこいつも、俺をからかって遊ぶのが好きらしい。これも、ヤンキー特有の愛情表現みたいなものなのだろうか。

「こんなに妹の友達に紳士的で、ヤンキーに理解のある兄もなかなかいないと思うんだけど。ちょっとは優しくしてくれないかな……」

俺は真面目に、自分がいい兄だと思っている。でも、そんな風に言ってくれる人は、誰もいない。俺が自意識過剰なだけなのだろうか。

「まぁいいや。もう疲れたし……風呂入って寝よ……」

欠伸《あくび》をしながら風呂に向かった俺は、ベッドにおかしなにおいがついていたことなどすっかり忘れていた。そして風呂から戻ってきてからも、そのにおいについて思い出すことがなかった。

大学に行ったあとバイトを頑張ったら、それくらい疲れていて……俺はあっという間に眠りに落ちてしまった。

3話

五月初旬。長期連休明け。

俺は久しぶりに夜七時台に家に向かっていた。

「なんか嬉《うれ》しいな……この時間に帰れるの」

いつもなら、居酒屋でバイトをしている時間だ。しかし俺は、四月いっぱいで居酒屋のバイトを辞めた。

久しぶりに帰りに本屋に寄って、買い物をしてもまだ七時台。これから夜の時間をゆっくり過ごせると思うと、それだけでワクワクする。だって勉強ものんびり出来るし、本も読める。見たかったテレビを、録画じゃなくてリアルタイムで視聴出来る。

いつも夜十一時に帰宅していた俺は、夜の優雅な時間を思い浮かべて顔がにやけていた。

「――ただいまー」

玄関のドアを開けるとすぐ、無惨《むざん》にも散らばった靴たちが目に飛び込んでくる。ヤンキー娘たちの靴だ。

またこの家でたむろしているらしい。

マナたちの遊び場は、主にこの家だ。うちの母さんも父さんもヤンキーに対して偏見がないから、居心地が良《い》いのだろう。うちの両親は、タバコやお酒に手を出そうものなら烈火の如《ごと》く怒るだろうが、違法なことをしなければ夜まで騒いでいても怒らない。

何故《なぜ》ならうちの両親も、マナに心許せる友達がいることに感謝しているからだ。

将来のことを考えれば、マナだっていつまでもヤンキーでいられないかもしれない。でも、うちの妹はそれなりに勉強をしているし、高校じゃ成績も上位。『元々は真面目で大人しい子だったから、必要に合わせてまた変われるでしょ』って両親は笑っていた。

我が親ながら、その寛大さには恐れ入る。

――あとはまぁ、夜な夜な遊び歩いていつまでも帰って来ないより、家にいてくれた方が安心するもんな。

俺はみんなの靴を揃《そろ》えてから、家に上がった。

廊下まで響く、マナたちの笑い声。

俺は自分の部屋のドアの前で足を止めた。

おかしい。

なぜか、俺の部屋からヤンキー娘たちの声が聞こえる気がする。

いや、そんな馬鹿なことがあるだろうか。

妹の部屋は隣だ。きっとその声が大きすぎて、こっちまで響いているのだろう。

――まさか、マナたちが俺の部屋で騒いでるわけないもんな……。

昨日は部屋にエリカちゃんがいたが、あれはエリカちゃんだからノーカウント。エリカちゃんは、中学生の頃から家に遊びに来ているし、何度も俺の部屋に来たことがある。勝手に入るなと言っても入るから仕方ない。

しかし俺の留守の間に、俺の部屋がヤンキーの溜《た》まり場になっているなんてこと、ありえるだろうか……。

――ここにいても結果は変わらない。開ければ一目瞭然！　イタズラ中なら現行犯逮捕だ！

俺は思いきって、ドアを全開にした。

すると……。

「――はあ？　なんでこんな早くに帰ってくんの？　バイトは⁇」

俺を見て真っ先に反応したのは、妹のマナだった。

「あれ？　ツカっち、クビになったか？」

俺を見てニヤニヤするのはアリサちゃん。

「あれだな！　店長の女に手ぇ出したとか？」

俺に向かってビシッと指差してきたのはルナちゃん。

「おにーさんにそんな根性あるわけないだろ？」

漫画を読みながら、紙パックジュースを飲んでいるのはエリカちゃん。

ローテーブルには紙パックジュースが並び、お菓子も置いてある。

みんな完全に、俺の部屋で寛《くつろ》いでいた。

「なんじゃこりゃー⁉　俺がいない間に何をしてんだ⁉　まさか、いつも俺の部屋で騒いでたのか⁉」

俺は平日の夜に居酒屋でバイトをしていたから、ほぼ毎日、帰宅時間は夜十一時頃。それはマナの友達が帰宅する時間でもあったため、マナたちが我が家のどこでどんな風に遊んでいるか、俺は知らなかった。

お願いだから、そうじゃないと言ってくれ。

そう念じながらエリカちゃんを見ると、エリカちゃんがクスッと笑った。

「今頃気づいたの？　ＪＫの残り香に気づかないなんて、おにーさん鈍感ー。そんなんじゃ将来彼女が出来ても、前髪切ったことすら気づけなくてフラれるぞ？」

「なっ⁉」

本当にこんなヤンキーパーティーが、俺の部屋で毎日のように繰り広げられていたというのか……。

俺はよろけて、額を手で押さえた。

「そんな馬鹿な……」

何が馬鹿って、今まで全然気づかなかった俺が馬鹿である。

いや、そういえば何か違和感を覚えた記憶があるぞ……。

「はっ！　そういえば、以前俺のベッドに謎の甘いにおいがついていたことがあった！

あれはお前らの仕業か⁉」

俺が言うと、ヤンキー娘たちが顔を見合わせて首を傾《かし》げる。そしてコソコソ話し始めた。

よく聞こえないが、どうやら思い当たる節が多すぎていつの何が原因か分からない…みたいな話をしているようだ。

そして最終的にアリサちゃんが手をサッと挙げて、全然悪びれずに言った。

「多分、私がマナの兄さんのベッドにこぼしたハンドクリームのにおいかな？」

「そ、そういうことか……」

この様子からすると、今までもヤンキー娘たちが出入りしていたヒントが、部屋のあちこちに隠されていたのかもしれない。

普通なら気づくのだろうか。

俺が鈍感だから気づかなかったのだろうか。

いや、バイトで疲れてそれどころじゃなかったのだと思いたい……。

「で？　なんでこんなに帰宅が早いの？」

マナが紙パックジュースのストローを咥《くわ》えながら言った。

「バイトを変えたんだ。大学の友達が家庭教師のバイトを紹介してくれて。土日の日中がメインだから、今日から平日の夜はフリーなんだよ」

俺が真面目に説明すると、ルナちゃんが茶化してきた。

「へー？　可愛《かわい》い女子高生とマンツーマンレッスン？　勉強以外のことまで教えちゃう感じ？」

「そんなことするか‼　てか、生徒さんはみんな男子高校生だよ‼」

「なーんだ、ＢＬか……」

「勉強しかしないから‼」

なんでラブが絡《から》むことを前提にするのか。しかもなーんだとは何なのか。

家庭教師のバイトは生徒に手を出したら終わりだという事実を、俺はもっと世に知らしめたいと思った。

「ってことで、俺は勉強するから‼」

俺がそう言うと、マナが軽く返事をした。

「あ、分かった」

「うん……じゃあ、そういうことで」

俺は勉強机に向かう。

まだ時刻は八時になる前。

これから何をするか……。

「きゃははは！ルナってばウケる‼」

「盛ってんじゃねーか⁉」

「マジだから‼　これはマジ‼」

何故か、俺の後方でさえずるヤンキー娘たちが退出する気配がない。

俺は勉強すると言って、マナは分かったと言った。

なのに……どうして……。

「うるさぁぁい！」

俺はヤンキー娘たちに怒鳴った。

すると、マナにすかさず怒鳴り返される。

「うるさいのは兄貴の方だろが‼　やかましいぞ童貞‼」

「な⁉」

怒鳴り返されたのも衝撃的だが、自分の妹に童貞呼ばわりされるのもかなり衝撃的だった。

瞬時に俺の顔は熱くなり、驚きと戸惑いで言葉が出なくなった。

そんな俺を見て、ルナちゃんが「あはは！　ツカっち、顔真っ赤かよ」と笑い出し、アリサちゃんが「あたしたちが手伝ってあげようかー？」と言い出す。

「余計なお世話だ‼」

俺は喉が痛くなるくらい大きな声で叫んだ。

妹の友達にそんなことを心配されたくない。

「もうお前ら全員、マナの部屋に行けって！　なんでわざわざ俺の部屋で騒いでんだよ⁉」

するとマナがあっさりと答えた。

「兄貴の部屋のほうが広くて綺麗《きれい》だから」

「じゃあ片付けろ‼」

俺の部屋は、ヤンキーＪＫたちにたむろしてもらうために広く片付けられているのではない。

するとマナがふふんと笑った。

「別に良いだろ？　部屋を間借りする代わりに、私たちは兄貴にとんでもなく貴重なものを与えてんだからさ」

「は？　貴重なもの？」

「JKのいいにおい」

「ふ、ふざけんな‼　俺はそんなの嗅いで喜んだりなんてしない‼」

「昨日はエリカの残り香を嗅いで喜んでただろ？」

「その話は既に昨日の時点で否定したはずだが？」

いつの間に俺の妹は、こんなにも扱いづらい生き物になってしまったのだろうか。

ヤンキーにクラスチェンジして、マナは本当にしたたかになったと思う。

妹が強くなったことが兄として嬉《うれ》しい。が、このレベルになると素直に喜べない。

――くそ。もうこの小悪魔みたいなヤンキー娘たちを部屋から追い出さないと、俺は優雅な夜の時間を過ごせそうにないぞ……。

どうにかして追い出さなければと思案していると、ルナちゃんとアリサちゃんが立ち上がった。

「何？　もしかして追い出すつもりかよ？」

と、ルナちゃんがふてくされたように睨《にら》んでくる。

「そんなの、素直に応じると思ってんのか？」

と、アリサちゃんが不敵に笑った。

――もしかして、俺相手に喧嘩《けんか》する気か⁉

ただならぬ気配に、ドキッとした。

女子高生とはいえ、相手はヤンキー。拳で向かってきたらどうしようかと身構えた。

すると……。

「ほーら、サービスだぞー？　これでここにいる許可くれよなー？」

ルナちゃんがそう言いながら、制服のスカートをバッサバッサと振り始めた。言わずもがな、アリサちゃんもである。

二人はスカートをふわりと持ち上げて勢いよく下げる動作をして、俺に風を送ってくる。

ＪＫのスカートから巻き起こされる風。

いやそれ以上に、スカートを持ち上げた時に脚が上の方まで見えていて……。

「女の子がそんなことするんじゃありません‼　はしたないでしょうが‼」

思わず俺の口から飛び出したのは、お母さんみたいなセリフだった。

「ぷくく……ツカっち、オカンかよ」

ルナちゃんが笑い出す。

「そんなに期待してても無駄だぞー？　見せパン穿《は》いてるから見えても問題ありませーん」

アリサちゃんがそう言いながら、ガバッとスカートをたくし上げた。

長い脚。黒い短パン。ちらっと見えるお腹《なか》。

「そういう問題じゃないんだよぉぉぉ‼　見せても大丈夫とかいうのは、そっちのさじ加減な！　世の中には、見せパンだろうがなんだろうが、スカートの中ってだけでドキドキする危ない奴《やつ》がいるんだからな⁉　いつでもどこでもそういうのはしちゃ駄目なの‼」

こんな危なっかしいことするＪＫが平然と外を歩いてると知って、俺の中の母心が心配で堪《たま》らないと泣いている。

いや、それよりなんで俺がヤンキーＪＫたちに対してこんな教育をしなくちゃいけないのか。俺の中の母心をこれ以上刺激するのはやめてほしい。

「つまり、兄貴はそういう危ない奴？」

マナが怪訝《けげん》そうな顔をした。

「俺は一般的な注意喚起をしてるの‼　決して俺のことを言ってるわけじゃない‼」

頭が痛い。

ポロッ

俺の優雅な夜の時間は一体どこへ……。

俺がげんなりしていると、しばらく会話に加わらずに黙って漫画を読んでいたエリカちゃんがスクッと立ち上がった。

「まだまだだなぁ……ルナもアリサも。おにーさんがそんなもので納得するはずないだろ？」

両手を腰に当てて、エリカちゃんが言う。

もしかして、俺に助け舟を出してくれるのか……やっとマナの部屋に移動する気になったか……と、俺は淡い期待を抱いた。

だが、エリカちゃんは俺の期待をあっさりと裏切った。

「おにーさんは、見せパンなんかで誤魔化すのが許せないと言っているんだ。見せるなら正々堂々、下着を……」

「そんな話はしてないんだよ底辺高校ヤンキー共‼　日本語でまともに会話出来ないなら俺の部屋に来るんじゃねぇぇぇぇ‼」

俺が完全に噴火すると、ヤンキー娘たちはキャーキャー言いながら隣の部屋に逃げ出した。

もちろん、テーブルやお菓子の袋、紙パックジュースはそのままである。

「遊んだなら自分たちで片付けていけよぉぉぉ‼」

言ってること全部、お母さんのセリフだ。

俺はいつから四人のヤンキーの娘を持つ母親になったのか。

俺の咆哮《ほうこう》は、部屋の中に虚《むな》しく響いていた。

4話

翌日の夕方。

大学から帰ってきた俺は、大きく深呼吸をしてから玄関のドアを開けた。

玄関には、靴が散らばっている。どうやら今日も妹のヤンキー友達が家に来ているようだ。

俺は今日も、四人分の靴をきちんと揃《そろ》えてから家に上がる。

妹の友達が家に来ること自体は、何の問題もない。俺は妹に友達がいるのが何より嬉しいから、靴を脱ぎ散らかしていたって、ちょっと大きな声で騒いでいたって家から追い出したいと思わない。本当に、大抵のことなら気にしないつもりなのだが……。

俺は洗面所で手洗いうがいを終えると、自分の部屋のドアの前に立った。

再び、深呼吸。

体の細胞の隅々まで新鮮な酸素が回ったのを確認してから、思いきってドアを開けた。

――ガチャッ。

「あ、兄貴、おかえりー」

ドアを開けると真っ先に、マナが軽く手を挙げて言った。

続いて、「おかえりー」とルナちゃん、アリサちゃんが言う。

……漫画を読んでいるエリカちゃんは、一度こっちをちらっと見たが、何も言わずに再び漫画に目線を落とした。

「ただいま……」

『おかえり』と言われると、何より先に『ただいま』と返したくなる。それは、出迎えてくれた人に対する礼儀で、考えるより先に条件反射で俺の口から飛び出す。……それによって俺は、ドアを開けて真っ先に言うべきだった言葉を飲み込んでしまった。

「それでさー」

何食わぬ顔でお喋《しゃべ》りを再開するマナたち。

自然な流れで、俺が部屋のドアを開ける前と同じ空気に戻ろうとしている。

しかし俺は、そこで正気に戻った。

「いや、なんでお前らしれっと俺の部屋で寛《くつろ》いでんだよぉ!?」

本当はドアを開けた瞬間、こう言うつもりだった。しかし『おかえり』なんてサラッと言われて、不覚にも一瞬、台詞《せりふ》が飛んだ。

すると、マナが舌打ちする。

「チッ。おかえりって言えばサラッと受け入れてくれるんじゃないかと思ったが、数秒しか持たなかったな」

確信犯か。さすが俺の妹。俺のことをよく分かっている。……って、感心している場合じゃない。

俺はマナに文句を言う。

「当たり前だろ‼　いや、一瞬忘れそうになったけど、ここは俺の部屋だ！　本来俺しか入れない部屋なんだ！」

昨日の必死で追い出したはずのヤンキー娘たちが、あっさり戻ってきていたのだ。これを見逃せるはずがない。

俺がムスッとしていると、マナが肩をすくめた。

「ＪＫ四人に『おかえり』と言ってもらえるなんて、なかなか出来ない体験だぞ？　もっと噛《か》み締《し》めたらどうだ？　四人だぞ？　四人！　一人や二人ならともかく、四人のＪＫに囲まれて『おかえり』と言ってもらえるのは、某電気街の疑似ＪＫ喫茶にでも行かない限り受けられないサービスだぞ」

「勝手にそんなサービスを押し付けるんじゃない‼　それから細かいところを指摘させてもらうと、俺は別に囲まれてもいないし、エリカちゃんは『おかえり』って言ってないから三人だ」

「はあ？　エリカもちゃんと言えよ。兄貴が、エリカから『おかえり』がなかったことを根に持ってるぞ？」

マナがエリカちゃんを注意した。

するとエリカちゃんは漫画から顔を上げ、俺を見て不思議そうに首を傾《かし》げた。

「そんなに私に『おかえり』って言って欲しかったのか？」

「いや、そこまでは言ってないけど」

「じゃあ別に良《い》いよな。私なんかに『おかえり』って言われても言われなくても、何も変わらないだろ？」

あっさりした言葉。

確かにそうかもしれないんだけど……ちょっと引っかかる言い方だった。

場の空気が変わったのに気づいたのか、マナがわざとらしく明るい感じで言う。

「まぁまぁ！　取《と》り敢《あ》えず兄貴は自由にしてていいから、私たちのことは気にせず自分のことしてろって！」

なんだその聞き捨てならない台詞は。

「ここは俺の部屋だぞ。なんで俺が自由にしてていいってマナに言われなきゃいけないいんだよ」

普通、逆である。その台詞を言う立場なのは、俺のはずだ。……そんな台詞、言う気もないけど。

「また追い出すつもり？　ツカっち、心狭すぎんだろ。そんなんだから彼女が出来ないんだよ」

ルナちゃんが大袈裟《おおげさ》な溜《た》め息《いき》をついた。

「だーかーら！　マナの部屋で騒げばいいだろ？」

「ツカッちさぁ、マナの部屋見たことねーんだろ？　あんな場所いられないって」

友達に『あんな場所』呼ばわりされるなんて、マナの部屋はまさか汚部屋なのか。昔は几帳面《きちょうめん》な性格だったのに、いつの間にか汚部屋の主になってしまったのか……。これもヤンキーにクラスチェンジした影響か。

俺がマナを不安げに見つめていると、アリサちゃんがマナの部屋の方を指差して言った。

「可愛《かわい》いぬいぐるみで埋め尽くされていて、足の踏み場もないんだよ。それでジュースやお菓子の欠片《かけら》を落としたら、ぬいぐるみが汚れるってマジで怒るし。モフモフは可愛いけど、全然気が抜けないってわけ」

「なんだそれ。ぬいぐるみを端に集めて、スペース作ればいいだろ？」

汚部屋じゃないなら全然良いじゃないか。

そう思ったが、何故《なぜ》かみんなが虚《うつ》ろな目をした。

どういうことか。まさか、端に寄せてもスペース出来ないくらい、ぬいぐるみで溢《あふ》れているというのか。

「と、とにかく！　私たちはこの部屋で騒ぎたいの！　今までだってずっとそうしてきたんだ！　今更移動しろとか無理だから！」

マナが必死な様子で言った。

「今までは留守だったから仕方ないとして、状況が変わったんだよ。俺が早く帰ってくるようになったんだから、別の方法を考えてくれ」

「くそ……どケチ‼」

「ケチ言うんじゃない！　自分の部屋を片付けようとしないマナだって、相当どケチだろうが！」

ついに兄妹喧嘩《きょうだいげんか》が勃発。

しばらく俺とマナが言い合っていると、エリカちゃんが俺たちを宥《なだ》めるように間に入ってきた。

「まぁまぁ、落ち着けって。こういうのは話し合ってどうにかなる問題じゃないだろ？」

「いや、話し合ってどうにかしようよ……」

どうにかならないって既に諦めているとは……話し合いで解決する気ゼロか。

「なんかいい方法ある？」

マナがエリカちゃんに聞いた。すると、エリカちゃんが答える。

「そうだな……ゲームに勝ったほうがこの部屋に残れるっていうのはどうだ？」

「いや、なんでだよ。どうしてゲームの勝敗次第で、部屋主である俺が追い出されないといけないんだ？　せめてそっちが勝ったら、一緒に部屋を使わしてくださいとかだろ」

「あぁ、いいね。じゃあそうしようよ。おにーさん」

エリカちゃんがニヤッと笑った。なんかちょっと、ハメられた感じがする……。

「あーもう分かったよ。じゃあそれで良いけど、どんなゲームにするんだ？　中学生レベルの数学の速解きゲームでもするか？」

「は⁇　鬼畜すぎなんだけど⁇」

俺の考えたゲームは、マナに即却下された。

するとエリカちゃんが、ふっふっふと笑い出す。

「私が最高のゲームを提案しよう。その名も、バストサイズ当てゲームだ！」

「はい？」

嫌な予感がして、顔が引きつった。

「私たち四人のバストサイズを、アルファベットで答えてもらう。全員のサイズを当てることが出来たら、クリア。この部屋は晴れておにーさんのものだ」

「いや、鬼畜すぎだろうが」

女性経験皆無な俺に何を言わせる気か。しかも制服を着たままの状態でバストサイズを当てるなんて芸当、出来るわけがない。いや、本体見せられても分からないだろうけど。

「いいね！　でも、さすがにノーヒントはキツくない？　兄貴は童貞だし」

マナが悪ノリしてくる。

「じゃあヒントとして、触るのを許可する！　好きなだけ触ってバストサイズを測るといい！」

ドヤ顔で許可をくれるエリカちゃん。俺を社会的に殺す気満々のようだ。

俺は大きな溜め息をついて頭を掻《か》いた。

「触れるわけないだろうが……。もうこのゲームで決定なのか？　ルナちゃんやアリサちゃんも、俺が言い当てて本当に大丈夫なのか？」

俺が確認を取ると、ルナちゃんが「当てられるものなら当ててみな」と不敵に笑い、アリサちゃんが「大丈夫。当たってたら正直に正解って言うよ」とニヤニヤした。

どうやらこのヤンキー娘たちを追い出すには、この勝負に勝つ以外に道はない。

——日本人女性のバストサイズは、B、C、Dカップがあたりが多いらしい。そして忘れちゃいけないことが一つ。バストサイズというのは、胸部のトップとアンダーの差だって星野《ほしの》が言っていた。つまりアンダーが細ければ、俺たち男子が想像するバストサイズより小さく見えると。この四人は細身だから、アンダーは細いだろう。だからきっと、俺がパッと見で予想するサイズより実際のサイズは大きいはず。

触るわけにいかない以上、俺は推理するしかなかった。

しかし、全部当てずっぽうに答える必要はない。

「——マナは、Cカップだ」

「はあ⁉　なんで知ってんだバカ兄貴！」

俺が言うと、マナが顔を真っ赤にした。どうやら正解らしい。

「まさか……私の洗濯物を確認して……」

「してないって。この前、母さんと新しいの買いに行って、帰ってきてから母さんと馬鹿デカイ声でサイズを言ってただろうが！　前より大きくなったとか言って」

「聞いてんじゃねーよ‼　せめて聞かなかったフリしてろよ‼」

「だから今の今まで聞かなかったフリしてたんだよ！」

その沈黙を破らせたのは、他でもない自分自身だということを忘れないでほしい。

「マナがＣカップ……くそ、仲間だと思ってたのに……！」

ルナちゃんが悔しそうに頭を抱えた。この反応からすると……。

「じゃあ、ルナちゃんはＢカップだ」

「やだぁぁぁ！　仲間の中で一番小さいなんてやだぁぁぁ！」

ルナちゃんが床に泣き崩れた。

そんなコンプレックスがあったのなら、何故このゲームを許可したのか。甚だ疑問である。

「じゃあ、あたしは？」

アリサちゃんが、余裕のある表情で俺の前に立つ。

胸の膨らみはマナより大きく見えるが、どれくらいサイズが違うのかなんて分からない。

マナと同じ可能性もあるから、Ｃ以上か。

いや、この余裕のある感じからして、サイズに自信があるに違いない。つまり、マナより上のＤ以上……。

「触ってみる？」

アリサちゃんが自分の胸を持って上げる。その動作だけで、それなりのサイズ感があるのが見て取れた。

一般に大きいサイズと言われるのは、Ｅカップからと聞く。これはよもや……。

俺は腹を決めた。

「Ｅカップ？」

「わー正解！　やるじゃん！」

当たって嬉《うれ》しかったけど、当てて良かったのか心中複雑である。

「最後は私だな」

俺の前にラスボス、エリカちゃんが立ちはだかった。

なんとなく、エリカちゃんはサイズが大きい感じがする。しかし、それがどのサイズに相当するかは謎だ。

俺が思案顔でじっとエリカちゃんを見ていると、エリカちゃんがニッと笑った。

「触る勇気がないなら、脱いで見せてあげようか？」

「結構です」

即答して止めた。

これ以上ヒントがあっても当てられる確証はない。なら、リスクは最小限で答えるのが最善の策。

――ええい、ままよ！

「……Ｆ？」

俺が言うと、マナとルナちゃんとアリサちゃんの表情が変わった。そしてアリサちゃんがエリカちゃんの腕を摑《つか》む。

「え？　待って。エリカはＥカップだよね？」

「えっと……どうだったけ？　Ｆになってたような……？」

「いやいや！　いくらなんでも育ち過ぎ！　絶対にＥだったって！　一緒だったよね⁉」

「ええ……？　前に買い替えた時、Ｆにした気がするけど……？」

「審議！　審議する！」

アリサちゃんがそう言って、エリカちゃんの制服を脱がし始めた。

「な、ちょ、何してんの⁉」

俺が慌てると、アリサちゃんが答える。

「サイズ確認！　ブラ外して、タグに書いてあるサイズを確認する！」

「いや、それを俺の前でするんじゃなぁぁぁい！」

俺は慌てて部屋から脱出。

廊下で大きな溜め息をついていると、中からＪＫたちの嘆きの声が聞こえてきた。

「マジでFだった……全問正解じゃん」

どうやら、バストサイズ当てゲームは俺の勝ち。しかし部屋から出たのは俺の方。

俺の部屋でわいわいとバストトークしている妹たちの話を聞かないように、俺は諦めてそっとリビングに向かったのであった。

もう今日は、ヤンキー娘たちが帰宅するまで部屋に戻れそうにないな……と思いながら。

5話

夜の時間を有意義に使おうという俺の夢は、なかなか叶《かな》わない。

この二日間、俺の部屋はヤンキーJKたちに占領され、ヤンキーJKたちと格闘するだけで夜は更《ふ》けていた。

「今日こそ……俺は自分の時間を手に入れてみせる」

時刻は午後六時。

大学から帰ってきた俺は、玄関のドアを前にして気合いを入れた。

ところがドアを開けてすぐに、いつもと様子が違うことに気づく。

「あれ？　靴がない？」

いつも散乱している靴がない。……ということは、マナやマナの友達はこの家にいないのだろう。

いなくてラッキーなはずなのに、せっかく入れた気合いが無駄になって残念な気分。

俺は微妙な顔で洗面所に向かい、手洗いうがいをすると自分の部屋に向かった。

今日は部屋に近づいても何も聞こえない。

――本当にいないんだな……。家の中が静かだ。

どこに行ったのだろうか。まぁ女子高生なんだし、遊ぶところは色々あるんだろう。まだ六時だし、普通に遊んでいられる時間だ。他の友達の家に行っている可能性もある。

どこに行ってもいつもの調子で騒いでいるんだろう。マナたちの楽しそうな姿を想像したら、ちょっと頬が緩んだ。

――まぁ、今日は俺もゆっくり出来るということで……。

ガチャッとドアを開けると、部屋は真っ暗。

俺はすぐに、入り口近くにある電気のスイッチを押した。

パッと部屋が明るくなる。

そして……すぐに部屋の異常に気がついた。

――ベッドの布団《ふとん》が、人ひとり包まれているかのように膨らんでいるのである。

罠《わな》だ。

瞬時に俺は警戒モードになる。

俺のベッドに誰かが隠れているとすれば、それはマナかマナの友達の誰か。つまり、ヤンキー娘たちはこの家にいないフリをして俺を油断させ、突然飛び出してきて俺を驚かすつもりなのだろう。

――くくく。お前らの考えなんてお見通しだぞ、ヤンキー娘共。底辺高校のヤンキーレベルの浅知恵で、俺を出し抜けると思うなよ！

先手必勝。

飛び出される前に布団を剝いでやればいい。

俺は迷うことなくベッドに向かい、勢いよく布団を剝がした。

――バサッ。

ベッドに隠れていた存在が、明るい蛍光灯の下に晒《さら》される。

蛍光灯の光が反射するくらい明るい金髪。閉じられた瞼《まぶた》を縁取る、長い睫毛《まつげ》。僅かに開いた唇から漏れる、スースーという規則正しい呼吸。

制服のままベッドの上で丸くなって寝ているのは、エリカちゃんだった。

――いや、マジで寝てんのかい。

心の中でツッコむ。これを口に出さなかったのは、寝ているエリカちゃんをこのまま寝かせるべきかと、迷ったからである。

どうしたらいいのか分からず、立ち尽くしたままエリカちゃんの寝顔を眺める。

綺麗《きれい》な寝顔だった。寝ている時はヤンキー感がなくて、無垢《むく》な美少女にしか見えない。

……正直、あまりの可愛《かわい》さに胸がドキドキした。

――って、いくら寝てるからってガン見はマズイだろ！

自分自身にツッコミを入れて、エリカちゃんから目を逸《そ》らす。

この部屋に、他のヤンキー娘が潜んでいる気配はない。もし潜んでいるのなら、俺がエリカちゃんをじっと見ている段階で、からかいに出てきそうなものだ。

だとすると、エリカちゃんの単独行動か。

俺を脅《おど》かそうとして布団に潜り込み、そのまま寝てしまったのかもしれない。他のみんなは……エリカちゃんだけ置いて出掛けちゃったのだろうか。わざわざ誰もいないように見せかけて玄関の靴をしまったのは、マナたちかもしれないけど。

そう考えていた時、エリカちゃんが身じろぎした。

「ん…………朝⁉」

寝惚《ねほ》けた顔で、俺を見る。

「午後六時過ぎ。まだ夜です」

俺は律儀《りちぎ》に答えた。

すると、エリカちゃんが大きな欠伸《あくび》をして言った。

「ふぁあ……おにーさん。どうも、お邪魔してまーす」

「あの……そこ、俺のベッドなんですが……」

「うん。知ってる。逆に、おにーさんの部屋にあるのに、おにーさんのベッドじゃなかったらヤバイね」

「確かに……それはヤバイな」

エリカちゃんは俺と会話をしながら、ベッドに転がり続けている。何故《なぜ》かベッドから降りる気配がない。

「なんで俺のベッドで寝てるの？」

ストレートに聞いてみた。

「あ、ごめん……生理ですっごく眠くってさ」

「もうちょっとオブラートに包もうとは思わないのか？」

体調が悪くて……とでも言えば良いだろうに。ストレートな返答すぎて反応に困る。

男性も女性の生理に理解があったほうが良《い》いというのは知っているが、妹の女友達からいきなり生理をカミングアウトされると戸惑う。

彼女がいたことがあれば、もうちょっとナチュラルに受け入れられたかもしれないが……俺はそんな経験もないわけだし。

そんな俺の気持ちを知らずに、エリカちゃんが続ける。

「私、二日目より一日目の方が生理重いタイプでさ……」

「赤裸々すぎる……」

「そんなに戸惑うこと？　おにーさん、妹いるんだから普通に話に出てくるだろ？　生理」

「いや、マナは俺の前で大っぴらにそんな話しないから」

「ふーん。そういうものなんだ。まぁ、私は一人っ子だからそういうのよく分からないや」

エリカちゃんがそう言いながら、ゆっくり身体《からだ》を起こしてベッドに座った。

「……お腹空《なかす》いた。おにーさん、食べ物ちょうだい」

「はい？」

「お腹空いて、ベッドから降りらんない。無理。助けて。でないと一生ここから動かない」

「はあ⁉」

エリカちゃんが座ったまま左右に揺れながら、「お腹空いたーお腹空いたー」と唱えている。百均とかに売っている、太陽光が当たると左右に揺れるマスコットみたいだった。マスコットはこんなに喧《やかま》しくないが。

「マナたちは？」

俺はエリカちゃんに聞いた。

「置いていかれたね。ルナが漫画買いに行きたいって言ってたし、きっと駅前の本屋じゃない？」

「そっか……」

他にエリカちゃんの面倒を見る人がいないなら、俺が面倒を見るしかないか……。

「ねーねーお腹空いた。カップラーメン食べたいなー」

エリカちゃんが左右にゆらゆら揺れる。

人のベッドの上でゆらゆら揺れながら「お腹空いたー」と騒ぐエリカちゃんは、ぶっちゃけけっこう可愛かった。

「まったく……仕方ないな。今用意してくるから、ちょっと待ってて」

「はーい」

俺は渋々台所に向かい、戸棚からカップラーメンを取り出した。うちには常にカップラーメンのストックがある。非常食みたいなもので、俺がたまに食べて、たまに買い足しているものなんだが。

カップラーメンをお盆に載せて、湯沸かしポットからお湯を注ぐ。蓋をしたらお箸もお盆に載せ、自分の部屋に運んだ。

「お待たせー。ほら、カップラーメンだぞー」

「やったー」

ベッドに座ったまま、エリカちゃんが嬉《うれ》しそうにバンザイする。

俺は持ってきたお盆をローテーブルに置いて、エリカちゃんに言った。

「ただし、ベッドで食べるのは認めない。これが食べたければ、まず、ベッドから降りなさい」

すると、エリカちゃんが渋々ベッドから降りる。その様子からして、俺が何も言わなければベッドで食べる気だったに違いない。

ずるずる這《は》うように移動して、ローテーブルに辿《たど》り着《つ》いたエリカちゃん。カップラーメンの蓋を開けると、お箸を手に持って嬉しそうな顔をした。

「いただきまーす！」

エリカちゃんの元気な声。

マナの友達の中でも特に礼儀作法に疎《うと》いエリカちゃんだが、『いただきます』はちゃんと言うらしい。当たり前のことのはずなんだが、俺は一瞬感心してしまった。

しかし、すぐに俺は眉根を寄せた。エリカちゃんが……ものすごく変な箸の持ち方でカップラーメンを食べ始めたのである。

まるで、道具を使うことを覚えたばかりの原始人。箸はまとめて右手に握り込まれ、摑《つか》むという機能を持っていない。カップラーメンの縮れた麺を、雑に絡《から》ませて持ち上げているだけである。

――何だ⁉　この箸の持ち方は⁉

俺はエリカちゃんの食事風景を見ながら震えた。

俺は自分が、細かいところまで気になる性格だということを理解している。そしてそこまで細かく気にしなくても、人は普通に生きていけるということも知っている。

だが……俺は『空のトイレットペーパーの芯がそのままトイレットペーパーホルダーに残されていること』と『箸の持ち方が汚いこと』に関しては、何があっても許せない男であった。

「あのさ……エリカちゃん」

「へ？　何？」

「妹の友達にここまで言うのも悪いと思うんだけどさ……ちょっと言ってもいいかな？」

「うん？」

エリカちゃんが俺をじっと見ている。俺はそんなエリカちゃんをまっすぐ見返して、心の底から訴えた。

「そんな箸の使い方で、この先やっていけると思ってるのかぁぁぁ⁉」

「はい⁇」

いきなり俺にキレられて、エリカちゃんは目を丸くした。しかし俺は迷わずエリカちゃんの右手を掴む。

「下の箸を親指の付け根に挟んで！　上の箸は、親指、人差し指、中指の三本で挟む！　正しい箸の持ち方は、こうだ‼」

俺は半強制的に、エリカちゃんの箸の持ち方を直した。正しい箸の持ち方をしたエリカちゃんは、怯《おび》えたような顔で箸を見ている。

「え……？　めっちゃ震えるんだけど……？」

確かに。箸が生まれたての子鹿みたいにプルプルしている。

「そりゃ、慣れてないからそうなるだろう。しかし、こっちの方が断然綺麗《きれい》だ！」

俺がそう断言すると、エリカちゃんが急にソワソワした。

「え……？　これ、綺麗？」

「あぁ、綺麗だよ。箸の持ち方が汚いなんてデメリットしかないから、今からでも直したほうがいい。エリカちゃんは美人なんだから尚更《なおさら》もったいないと思う」

俺に美人と言われたのがそんなに驚くことだったのか……エリカちゃんは顔を真っ赤にして口をパクパクさせる。

「ふぇ⁉　び、美人⁉」

「え？　そんな驚くことじゃないだろ？　エリカちゃんは美人だし。俺以外にもたくさんの人がそう思ってるだろうよ」

「いやいや！　そんなこと言われたことないし‼　女の人と付き合ったこともないくせに、何をサラッと言ってんだよ‼」

「付き合ったことなくても、言うだろ。猫が可愛いとか、ヒーローは格好いいとかと同じような感じで、エリカちゃんは綺麗なんだし」

「あぁぁもうそういうの言うな‼　慣れない箸の使い方してるんだから、集中させろって！」

何がいけなかったのだろうか。エリカちゃんは、赤い顔でムスッとしながらカップラーメンを食べ始めた。

――美人って言ったら駄目だったのかな？

エリカちゃんは明らかに美人だから、美人以外に言いようがないと思うんだが。

俺は頭を掻《か》きながらエリカちゃんを見る。

正しい箸の持ち方でカップラーメンを食べるエリカちゃんは、不機嫌そうだが、どこか一生懸命で可愛《かわい》かった。

「うん。やっぱりその持ち方の方がずっといい」

俺が満足して頷《うなず》くと、エリカちゃんが目を見開いたまま唇をぎゅっと引き結んだ。

「ん？　どうした？」

「うるさい‼　あと、こっち見んな‼」

「ええ⁉」

ここは俺の部屋だし、そのカップラーメンを持ってきたのは俺なんですが……。

そう言ってやりたかったが、直前で止めた。

エリカちゃんの頬は朱色に染まって、どこか目が潤んでいるようにも見えたからだ。

それはカップラーメンの熱のせいか、それとも体調が優れないせいか。

どちらにしてもそんなエリカちゃんの表情を見ていたら、今日の我が儘《まま》はちょっとくらい許してやろうと思った。

6話

翌日、金曜日の午後七時。

俺は自分の部屋で勉強机に向かっていた。

いよいよ明日から、家庭教師のバイトが始まる。今ノートパソコンで、バイトで使う学習用プリントの仕上げの真っ最中だ。

幸いなことに、ヤンキー娘たちは外出中。布団《ふとん》にエリカちゃんもいない。

完全に一人。

自分の部屋なのに、これが久しぶりな感覚だから何かがおかしい。

「あー快適！　自分の勉強に集中出来るって最高！」

解放感が心地よくて、思わず声に出して言ってみた。

するとその直後、俺の部屋のドアが開いた。

「独り言、デカっ！」

「わぁぁぁぁ‼」

いきなり現れたエリカちゃん。

来ると思っていなかった人が来た驚きと、独り言を聞かれた恥ずかしさで叫んでしまった。

エリカちゃんが俺を見てニヤッと笑う。

「おにーさんって、実は独り言が多いタイプ？　本当は寂しがり屋な感じ？　正直、昨日今日とここが私たちの溜《た》まり場になってないこと、物足りなく思ってないか？」

「いやいや！　そんなことはないから‼　それより、いきなりなんで俺の部屋に⁉」

「そんなの、用があるからに決まってんだろー？」

そう言いながら、エリカちゃんが俺の部屋に入ってきて……ベッドに転がった。

「じゃあ、おやすみー」

「いやいや待て待て待て」

俺は慌てて、エリカちゃんが布団をかけて寝ようとするのを止める。

「昨日生理って言っただろ。まだ二日目。辛《つら》いんだ」

「だからってなんで俺の部屋で寝る⁉」

「昨日、寝心地が最高だったからな。お礼に私の温《ぬく》もりを布団に残してあげるから許してよ」

「そんなお礼は要らん‼　俺の部屋で寝ちゃダメ‼」

危機感がなさすぎて頭が痛い。それとも俺が完全に男として見られていないということなのか。それはそれで頭が痛いが……。

「てか、マナたちは⁉」

妹や他のヤンキー友達が家にいる気配がない。家にいたら、喧《やかま》しいからすぐに分かるはずだが。

「マナたちは近所のコンビニ。私はお腹《なか》痛いから先に来た」

「じゃあマナの部屋で待てばいいだろ？　俺のベッドで寝ないの！」

「ちぇっ。じゃあゴロゴロするだけー」

「寝るのもゴロゴロするのも一緒！　どっちもダメ！」

「ちょっとくらい良《い》いだろぉ？　あ、おにーさんも寝たいなら一緒に寝ていいからさぁ」

甘えた声を出すエリカちゃん。転がって俺を見上げ、両手を広げている。その姿は、まるで俺がベッドに来るのを待っている彼女の図。

――いや待て。彼女じゃないし。何ちょっとドキドキしてんだよ俺‼

自分の煩悩《ぼんのう》を、脳内で蹴散らした。

そして、ひと呼吸置いて、エリカちゃんに言う。

「取《と》り敢《あ》えずその……制服のままゴロゴロしない！」

どうにかしてエリカちゃんをベッドから降ろしたくて、頭に浮かんだ台詞《せりふ》がこれだった。

するとエリカちゃんが口を尖《とが》らせる。

「えー？　何か問題あるかー？」

「問題……？」

『制服のままゴロゴロしない』というのは、よくマナが母さんに言われていた台詞だ。だから、制服でゴロゴロするのは良くないものだと刷り込まれていたが、何が問題かと聞かれると言葉が詰まった。

「えっと……スカートにシワが付くだろう？　それを直すためにいちいちクリーニングに出すのも、手間とお金がかかるからじゃないか？」

俺が考えて答えると、エリカちゃんが怪訝《けげん》そうな顔をした。

「シワが付くってそんなに大きな問題か？」

「いつも着ている服だから、綺麗な方が気分がいいと思うけど」

「……おにーさんは、綺麗な制服着ている女子高生の方がいいと思うか？」

「そりゃそうだろ。シワシワで汚れてるのに気にしてない感じだったら、だらしない子なのかなって思うし」

「……そっか」

エリカちゃんはつまらなそうだった。しかし、俺の言い分を理解してくれたのか、ベッドから起き上がって縁に座った。

「おにーさん、他にも私が直したほうが良いと思うことってあるか？」

足をブラブラさせながら、エリカちゃんが聞いてくる。

「そうだな……。あ、玄関！　いつも思ってたんだけど、家に上がる時は靴を揃《そろ》えような！」

「なんで？」

「なんでって……」

この歳《とし》になれば常識になっていてもおかしくなさそうだが、この反応。幼稚園児に説明する母親の気分になった。

「……自分の靴の場所が分からなくなったり、後から来た人の靴の置き場所がなくなったりするのを防ぐためかな」

「後から来た人の心配なんて、普通するか？」

エリカちゃんが首を傾《かし》げる。

俺は溜《た》め息《いき》をついて、エリカちゃんに提案する。

「じゃあ想像してみなよ。自分が行きたい場所に来た時、先に到着した人の靴が散らばってたらどう思う？」

「蹴っ飛ばしたくなるな。邪魔だって」

「怒るか悲しむか呆《あき》れるかは人それぞれだけど、いい気分にはならないだろ。だから、自分がされて嫌なことはしないように、靴は揃えておくの」

「ふーん……そっか。今度から気をつけてみるかな。まぁ私、忘れっぽいから出来ない日も多そうだけど」

意外と素直に聞き入れてくれた。それだけで、俺はけっこう嬉《うれ》しかった。

「すぐに徹底するのは難しいかもしれないけど、そう思えただけで全然違うと思う。きっといつか、自然と出来るようになるよ」

俺がエリカちゃんに笑いかけると、エリカちゃんはちょっと恥ずかしそうに目を逸《そ》らした。

エリカちゃんは常識知らずだが、ひとりぼっちだったマナに声をかけてくれただけあって優しい子。そして、意外と素直で可愛い子だ。

「他には何かあるか？」

ぶっきらぼうに聞かれた。

「うーん……そうだ。直したほうが良いことじゃないけど、いつも言おうと思って、なかなか言えてなかったことがある」

「え？　何？」

「エリカちゃん、いつもマナと仲良くしてくれて、本当にありがとう」

常日頃から思っていた気持ちを伝えた。

するとエリカちゃんは、唇をギュッと引き結んだ変な表情をして、ベッドから立ち上がった。その反動で枕が床に落ちる。

「あーもういいや！　休憩終わりー！　マナたちのとこ、遊びに行くわ！」

「あ、ほら！　直して帰りなさい！」

小言ばかり言うのが趣味ではないんだが、俺はヤンキー娘の相手をしていると小言ばっかりだ。特に、エリカちゃんへの小言が多い。

お説教ばかりで申し訳ないなと思いつつエリカちゃんを見ると、エリカちゃんは案の定嫌そうな顔をしていた。

「……おにーさん、何から何まで細かすぎなんだよ。スカートがどうだの、靴がどうだの、枕がどうだの……。だから彼女出来ないんだぞ？」

グサリと心に何かが刺さった。傷口からどくどくと流れ出すのは、哀《かな》しみか……。

「俺は今、学業に専念しているの！　恋愛は社会人になってからでいい。彼女を作ろうと思っていないんだから、彼女が出来ないのは当たり前だ！」

「それ、言い訳じゃないのかー？　何したって彼女が出来ないから、彼女なんて欲しくないですって、自分に嘘《うそ》吐いてるんだろ？」

エリカちゃんが鼻で笑った。

天使のような美貌を持つ美少女が、まるで悪魔のように見えてきた。

でも俺は、エリカちゃんを放任するのが嫌だった。

「言い訳はともかく、細かいのは認める――」

俺は真面目な顔でエリカちゃんに言った。

「――ただ、エリカちゃんに細かいと言われようとも、俺はこれからもエリカちゃんに注意するよ。出来なくて困ることはあっても、出来て困ることはない。そして出来る出来ない以前に知らない気づかないというのは、エリカちゃんにとって損でしかないと思うから」

エリカちゃんに対して何も思っていなかったら、俺はエリカちゃんに注意すらしないだろう。そういうものだ、仕方ない。言っても無駄だって諦めることは簡単に出来る。

でも、俺はエリカちゃんに伝えたいと思う。

それは……俺がエリカちゃんを大切に想《おも》っている証《あかし》だから。

俺の言葉を聞いて、エリカちゃんは怪訝そうな顔をした。

「常識くらい知っとけってこと？」

「そんな感じかな……。社会に出たら、全部常識ありきみたいなところがあるから、常識を知らないだけでナメられることが多いし。そんなの、エリカちゃんは嫌だろ？」

「ナメられるのは……嫌だな」

ヤンキーに分かりやすく伝えるのは、骨が折れる。でもエリカちゃんは渋々と落ちた枕を拾って、ベッドの上に戻した。

気持ちが伝わったようで良かった。そうホッとしたのもつかの間、エリカちゃんがニヤァッと笑う。

「しかし、おにーさん。もしかして私の将来のことまで心配してくれてたのかー？」

さすが、エリカちゃん。説教タイムで落ち込むのは数秒。

すぐに俺をからかえるとは、なんと気持ちの切り替えが早いことか。

変なところを感心しつつ、俺は答える。

「そりゃ心配だよ。エリカちゃんはうちに遊びに来るようになって長いし、もう俺の妹みたいなものだから」

「へぇー？　妹ねー。そっか、今は恋愛しないって決めてるから、彼女にしたいとかは思わないんだー？」

「エリカちゃんを？　そんな、絶対にないない！」

エリカちゃんの言葉を聞いて、俺は思わず笑った。

「ふーん？　じゃあ私がおにーさんに今、彼女にしてほしいって言ったらどうするんだ？」

「え？」

笑いが引っ込む。

俺を見つめるエリカちゃんは、いつもより真剣な顔をしているように見えた。

――まさか、エリカちゃんは俺が好き……？

妹の友達から好かれるなんて事態、想定していない。

だってそんなこと、ありえないだろう……。

俺が戸惑って固まっていると、急にエリカちゃんがプッと噴き出した。

「あははは！　おにーさんの顔、ウケるー！」

「あ！　こら！　からかったな！」

「何ー？　マジだと思って焦《あせ》ったか？　妹の友達が彼女になっちゃうかもって想像しちゃったかー？」

た。

「してない！　ありえなすぎて困惑したんだよ‼」

「ほーお？　ありえないねー？」

エリカちゃんが部屋のドアの方に向かいながら、通りすがりに俺の背中をポンッと叩《たた》いた。

「おにーさんの部屋にある漫画に書いてあったな。『ありえないなんてこと、ありえない』ってさ」

「じゃあ、エリカちゃんがいきなり清楚《せいそ》系ＪＫになることも、ありえなくはないってことだな」

「は？　そんなの絶対にありえないっての！」

最後俺にからかわれたエリカちゃんは、顔を赤くして部屋から逃げるように出ていった。

俺は一人になった部屋でクスクスと笑う。

「まったく……可愛《かわい》いな」

ふと漏れた呟《つぶや》き。

俺は本当にエリカちゃんを妹みたいに感じていた。

常識知らずだから将来が不安。危ない目に遭ってほしくないからほっとけない。

色々教えてあげたい。これからも。

俺はエリカちゃんが乱した布団《ふとん》を直すためにベッドに向かった。エリカちゃんが座っていた布団の上は少し温かくて、そこを触らないように布団を直した。

……妹同然のエリカちゃんにドキドキするのは、ちょっと避けたい気持ちだったから。

7話

土曜日の夕方。天気は雨だ。

バイト帰りの俺は、傘を差して雨の繁華街を歩いていた。

今日は家庭教師のバイトの初日だった。生徒は、俺が通う国立S大を目指す男子高校生二人。午前中に一人、午後に一人指導してきたところだ。

基礎学習がちゃんと出来ている男子高校生たちは、理解力があり、一を聞いて五ぐらい分かってくれる。普段俺が相手にしている、十を聞いて一も分かってくれるか分からない女子高生とは大違い。あまりにすんなりコミュニケーションが取れるから、感動して泣きそうだった。

「あーバイト変えて良かったー。こんなに楽しくお金稼げるなんて最高だー」

人に勉強を教える仕事は、将来教員を目指す俺にとっていい勉強になる。このバイトを紹介してくれた徳永《とくなが》には、感謝しないといけない。

雨が降っているけれど、俺の気分は晴れやかだった。

「ん？」

そんなウキウキ気分の俺は、ふと、道行く人の中に見知った後ろ姿を見つけた。

濡《ぬ》れた金髪。

傘も差さずにびしょ濡れで歩いている女子高生は……エリカちゃんのようだ。

「――エリカちゃん⁉」

俺は慌てて女子高生に駆け寄り、声をかける。

すると思った通り、振り向いたのはエリカちゃんだった。

「え？　おにーさん？」

「どうしたの⁉　そんなびしょ濡れで‼」

俺はすぐにエリカちゃんを自分の傘に入れた。でもエリカちゃんは既に、髪の毛から雫《しずく》がポタポタ落ちるくらいに濡れていた。

「ちょっと用事があってフラフラしてただけだけど？」

「傘ないの⁉」

「ない。家を出たのは午前中だったから。雨の予報なんて知らなかったし」

雨が降り始めたのは、お昼過ぎ、二軒目の家庭教師をしている時だったと記憶している。

エリカちゃんはいつから雨の中を歩いていたのだろうか。

俺がエリカちゃんを心配そうに見ていると、エリカちゃんは気まずそうに目線を落とした。雨に濡れているせいか、エリカちゃんはいつもより元気がなく見える。

俺はエリカちゃんに優しく言った。

「家に帰って着替えたほうがいい。もう用事は終わったの？」

「終わったけど、帰りたくないな」

「でも、そんな状態でいたら風邪ひくよ」

「別にいーよ。そのうち乾くって」

どこか頑《かたく》なで、いつもよりツンツンしている。ほっといて欲しいと顔に書いてあるようにも思えたが、俺はあえて気づかないフリをした。

「じゃあ、うちに来な」

俺はエリカちゃんの手を掴《つか》んで歩き出す。エリカちゃんはちょっとビックリした顔をした。

「え？　いいって。私は大丈夫だから……」

「バカ。そんなびしょ濡れで大丈夫な訳ないだろ。もっと自分を大事にしろ」

俺がそう言うと、エリカちゃんは黙ってしまった。

何も会話がないまま、二人で雨の中を歩く。

でも、傘に当たる雨の音が心地よくて、黙っていても退屈にはならなかった。

「——ただいまー！　マナ！　いるかー？」

俺は自宅玄関に入るなり、家の中に向かって大きな声で呼びかけた。

すると、ちょうどトイレから出てきたマナが、こちらを向いてギョッとした顔になった。

「え⁉　エリカ⁉　どうしたの⁉」

マナが、ビショビショのエリカちゃんに駆け寄る。

「ずぶ濡れでいたら、おにーさんに拾われちゃってさー」

エリカちゃんが苦笑いした。

どこぞの捨て猫だったかのような台詞《せりふ》だ。

「風呂《ふろ》に案内してあげて。それから着替え貸してやって」

俺が言うと、マナが「分かった」と言ってエリカちゃんを連れて風呂場に行こうとした。

「あ、待って。靴揃《そろ》えなきゃいけないんだった」

玄関に上がったエリカちゃんが、ハッとして振り返った。俺が言ったことをちゃんと覚えて、実践しようとしてくれるのは嬉《うれ》しい。けど……。

「今日は良《い》いよ。俺がやっとく。早くお風呂に入っておいで」

俺がそう言うと、エリカちゃんは黙って小さく頷《うなず》いた。

エリカちゃんがマナと一緒に脱衣所に入っていくのを見届けて、俺はエリカちゃんの靴を並べ直した。

エリカちゃんの靴は、雨を吸って重くなっている。

「……このまま置いとくわけにはいかないか」

俺は台所に行って古新聞を取り、玄関にあるエリカちゃんの靴に突っ込んだ。こうしていれば、帰るまでには少し水気が取れるだろうか。

もっと早く乾かす方法はないだろうかと考えていると、鼻がムズムズしてきた。

「へくしゅん‼」

そういえば、エリカちゃんを傘に入れたことによって俺の左肩が雨に濡れていた。このままじゃ風邪をひくのは俺も同じだ。

俺は一旦エリカちゃんの靴から離れ、自分の部屋に行って着替えることにした。

エリカちゃんを家に連れて帰ってきて数十分後。

俺はリビングでドライヤーを使い、エリカちゃんの靴を少しでも乾かそうとしていた。

床に新聞紙を敷き、その上にエリカちゃんの運動靴を置く。靴が傷むといけないから、ドライヤーのスイッチは熱風ではなく温風。そして靴の中には、びっちりと新聞紙が詰め込んであった。

「兄貴ー？　ドライヤー知らないー？」

　声の方を向くと、マナがエリカちゃんを連れてリビングにやって来るのが見えた。エリカちゃんはお風呂で温まったお蔭《かげ》で顔色が良い。マナの私服のＴシャツとズボンを借りたようだが、長い金髪は濡れたままだった。

「あ、悪い。エリカちゃんの靴を乾かすのに使ってた」

「人間優先。貸して」

　マナがドライヤーを求めて手を差し出す。俺はドライヤーのスイッチを切って、マナに渡した。

「エリカ、そこに座って」

　マナが俺の近くのソファーにエリカちゃんを座らせた。

　エリカちゃんはどこかボーッとしていて、マナに言われるがままに動く。そして、マナがドライヤーでエリカちゃんの髪を乾かし始めた。

　その間に俺は、エリカちゃんの靴に詰めた新聞紙を取り出す。少し湿った新聞紙を回収すると、新しい新聞紙を中に詰め込んだ。

「……なんで私の靴に新聞紙詰め込んでんだ？」

ドライヤーの音が止《や》んだ瞬間、エリカちゃんに問いかけられる。まるで不審者を見るような目だった。イタズラをされているように見えたのだろうか。

「新聞紙は吸水性が良いから、靴の水気を取ってくれるんだよ」

俺が説明すると、エリカちゃんは「へぇー」と言った。

「それも常識なのか？　知ってないと、人にバカにされるやつなのか？」

エリカちゃんが俺に聞いた。その様子がいつものエリカちゃんとちょっと違うような気がして、俺は少し心配になった。

「いや、これは生活の知恵みたいなもので……知ってたら便利ってだけかな。知らなくてもバカにはされない。知っていると、ありがたがられる可能性はあるけど」

「そっか」

エリカちゃんが小さく呟《つぶや》く。

その時、エリカちゃんにマナが麦茶の入ったコップを持って来た。

「飲む？」

マナに言われ、エリカちゃんは黙ってコップを手に取り、麦茶を飲んだ。

俺はそれを見てつい口を出す。

「お礼くらい言ったら？」

「言わなきゃどうなる？」

エリカちゃんが俺をじっと見た。

細かいところを指摘する俺に突っかかってきたのではなく、純粋に疑問を口にしただけのようだった。

「言わなかったら、エリカちゃんが麦茶をもらって感謝しているとか、嬉しいとか伝わらなくて、マナが気にするかもしれないだろ。逆に『ありがとう』言ったら、マナが喜ぶ」

「あー私は別にいいよ。エリカがそういうのあまり言わないって、もう分かってるし」

いきなり名前を出されて、マナが苦笑いした。

エリカちゃんはそんなマナをじっと見る。

「マナは言ってほしいか？　ありがとうって」

エリカちゃんの真っ直《まっす》ぐな目に、マナは戸惑って頬をかいた。

「そりゃあ、感謝してたら言ってほしいかな。エリカが喜んでるって思えて嬉しかったり、役に立てて良かったって安心出来たりするから」

マナの言葉は、素直で分かりやすかった。その気持ちはエリカちゃんにも届いたのだろう。エリカちゃんはマナを見て微笑《ほほえ》んだ。

「マナ、麦茶……サンキューな」

「あ、うん……」

マナの顔が赤くなる。照れているのだろう。

二人のやり取りが微笑ましくて、俺の胸に温かなものが広がった。

「それから……」

急にエリカちゃんが俺に体を向けた。しっかり向き合って、エリカちゃんは小さく深呼吸する。

「……おにーさんもありがとう。私を心配して、家まで連れてきてくれて、ありがとう」

俺にまでお礼を言うと思っていなかったから、不意打ちだった。胸のあたりがくすぐったくなって、心拍数が上がる。

「……うん、どーも。助けて迷惑だったらどうしようって気になってたから、その言葉を聞けて嬉しいよ」

俺がそう返すと、エリカちゃんの頬がさっきより赤くなった気がした。

「ところで、あんなところでずぶ濡《ぬ》れになって、何をしてたんだ？」

それから俺はずっと気になっていたことを聞いてみた。

するとエリカちゃんは、ちょっと面倒くさそうな顔をして答えた。

「あー……バイト探してた」

「バイト？」

「そう。早く家出たいから、バイトしたいんだ。でも、マジで敬語が無理だからすぐクビになる。私、常識も分かんないの多いから、どこ行っても邪魔になるだけっていうかさ。最近は面接すらクリア出来ない」

ちょっと拗《す》ねたように言うエリカちゃん。

軽い調子で言っているが、バイトしたいというのは本気に聞こえた。『それならバイトの面接で印象が良くなるようにアドバイスしようか』と言いそうになったが、ちょっとお節介かもと思って踏みとどまる。

「まぁまたしばらく、マナたちと楽しいことして過ごすかなー」

エリカちゃんは、麦茶が残っているコップをテーブルに置いて立ち上がった。

「マナ、この服、着て帰っていいか？」

「え？　いいけど……帰るの？　せっかくだし、ご飯食べてけば？」

「いいよ。さすがに今日はいっぱい世話になったし、これ以上世話になる気にはなれないや」

ニヒヒと笑って、エリカちゃんが玄関に向かう。

「あ、靴！」

俺は慌ててエリカちゃんの靴を持って、エリカちゃんを追いかけた。

「まだ完全には乾いてないけど、来た時よりはマシだと思うから」

玄関にエリカちゃんの靴を置くと、エリカちゃんが「ありがと」と小さく言って靴を履き始めた。

「凄《すご》い。かなり乾いてんじゃん。凄いな……」

俺の乾かした靴を履いて、感動するエリカちゃん。

「……本当に私、知らないことだらけなんだな……」

ふと淡紅色の唇から零《こぼ》れた言葉は、とても小さかった。そして、憂いを帯びているようだった。

「今日はありがと、おにーさん。マナも」

お礼を言って、家から出ていく。

俺の斜め後ろにいたマナが、ふふっと鼻で笑った。

「注意された途端にお礼、めっちゃ言うし」

友達の変化が嬉《うれ》しいのか、鼻歌を歌いながらリビングに戻っていく。

俺はひとり、エリカちゃんが出ていった玄関のドアを見つめていた。

注意すれば素直に聞くし、悪い癖は直そうと努力する。エリカちゃんがあんな常識知らずなのは、常識が嫌いで頑《かたく》なに拒んだからってわけじゃなさそうだ。

ただ、知らない。その知識に触れたことがない。または、その大切さを教わっていない。

――なんにせよ、あんなに素直で明るい子なのに、もったいないよな……。

常識は身を守る盾にもなる。そして無知は罪になることもある。知らなかったでは済まされないことも、この世にはたくさんある。

だから俺たちは勉強する。知識を蓄える。自分を守るために……誰か大切な人を守るために。

――もっとちゃんと、社会に出て必要になる色々なことを教えてあげられたら良《い》いんだけど……。

エリカちゃんを心配して、兄心が騒いでいた。しかし同時に、鬱陶しいと思われて距離を置かれたらどうしようかと、兄心が怯《おび》えていた。

8話

日々の大学の勉強。家庭教師のバイト。それらをこなしながら、ふとした時にエリカちゃんの顔が頭に浮かぶようになった。

素直なのに常識知らずの女の子。よく考えてみると、なんでそんなエリカちゃんがヤンキーになろうと思ったのか知らない。

いや、俺はエリカちゃんのことをほとんど知らなかった。

孤独だったマナを助けてくれた優しい子。それだけで、今まで交流するには充分だった。だから、わざわざエリカちゃんの個人情報を知ろうと思わなかった。

——妹の友達の事情に、兄が踏み込むのはマズイかな……。

とある夜。

俺は部屋で勉強机に向かっていた。もちろん、一人だ。

今日も家にヤンキー娘たちの姿はない。なんだかんだ言ってここを占拠しようとしていたが、俺のバイトが変わって帰宅時間が早くなったこともあり、ここで騒ぐのも悪いと気にしてくれたのか。

気を使わせてしまってちょっと申し訳ないなって気持ちが一瞬よぎって、慌てて首を横に振る。

いやいやそもそも俺の部屋なのに、なんで俺が気に病む必要があるのか。

俺が俺の部屋に一人でいるのは当たり前のこと。ヤンキーの溜《た》まり場なんてオプションは要らない。

どうせまた、いきなり部屋に突撃してくるんだろう。今のうちに自分のやること進めておいた方がいい。

気持ちを切り替えるために、机に置いてあるコーヒーを飲んだ。苦味が口の中に広がり、自分の中のモヤモヤした気持ちをかき消す。

そして、パソコンのキーボードに手を持っていったその時……家の中が急に騒々しくなった。

嵐が来た。そう身構えるより早く、ドアが開け放たれる。

「ただいまー！　ツカっち見てよー！　ゲーセンですっげーでっかいキノコのぬいぐるみ取ったー！」

ルナちゃんの声。そして、勢いよく眼前に突きつけられた巨大キノコ。傘の部分に視界を覆い尽くされ、俺は慌てて押しのけようとする。

「近い‼　近すぎて見えないから‼」

柔らかい茎の部分を握って、横に倒すとようやく視界が開けた。ルナちゃんに押し付けられたキノコと格闘している間に、マナとアリサちゃんがローテーブルに飲み物とお菓子を並べ始めているのが目に入る……。

「いや、なんでここでパーティーする気満々なんだよ⁉」

俺が怒鳴ると、マナが平然と言った。

「良いだろ？　たまには。兄貴の部屋にもそろそろＪＫエキスが必要かと思ってさ。空気中に振りまいてやるから安心して堪能《たんのう》してろって」

「空気中に振りまかれたＪＫエキスにどんな効用があるんだよ‼」

なんと儚《はかな》い俺のひとり時間。

静寂は三人のヤンキー娘たちによって、あっさりと破られた。

――ん？　三人？

そこで気づいた。……エリカちゃんがいない。

俺はマナに聞いた。

「エリカちゃんは？」

「バイト探すから、後から来るって言ってたけど。もしかしたら今日は来ないかもしれないな。エリカが後でって言って後から来たことないから」

「そっか……」

びしょ濡れだったエリカちゃんを家に連れて帰った日、エリカちゃんはしばらくバイト探しを休むような言い方をしていた。でも、今日も探しているのか……。

「そんなに、バイトしたいんだな……」

俺が呟《つぶや》くと、アリサちゃんがニヤッと笑った。

「あっれー？　もしかして、エリカがいなくて寂しいってかー？」

「ち、違うって！　そうじゃなくて……俺、エリカちゃんのことあまり知らないから、なんでそんなにバイトしたいのかなって思って……」

俺がそう言うと、マナとルナちゃんとアリサちゃんの三人が顔を見合わせた。そして、ルナちゃんとアリサちゃんの二人が黙って頷《うなず》くのを見ると、マナが俺に向かって言った。

「エリカの家庭事情、聞きたい？」

「え……聞いていいの？」

「兄貴なら……悪いようにはしないだろうし。エリカがずっとバイト探しに苦戦するようだったら、兄貴にエリカを助けてやってほしいとも思うからさ……」

ルナちゃんとアリサちゃんが頷く。マナたちも、エリカちゃんのバイト探しを心配しているのが伝わった。

「聞いてもいいか？」

　俺は三人がいるローテーブルの近くに座った。すると、マナが話し始める。

「うん。まずエリカの家はさ、母子家庭なんだよね。父親は……よく分かんない」

「そう……」

「そんでお母さんはスナックで働いてる。エリカが小さい頃はキャバクラだったかな。すっごく小さい時はどうだったか知らないけど、エリカが物心ついた時には、家にほとんどお母さんもいない状態だったらしい。近所のおばさんにご飯もらってたとか言ってたな……。エリカのお母さんは、昔からずっとエリカに関心が薄いんだよ」

「おぉ……なかなかヘビーな人生歩んでるな」

　一人ぼっちで家にいる小さなエリカちゃんを想像したら、胸がチクッと痛んだ。

　すると、ルナちゃんが言う。

「うちの母親も水商売だけど、家にはいつも婆《ばあ》ちゃんがいたから寂しいとは思わなかったなぁ。その点、マジで一人の時間が長かったエリカは大変だったと思うわ」

　そして、アリサちゃんがニコニコと言った。

「でも、近所に親切なおばさんがいたんだから、ラッキーだったとも思うけど？　あたしにはクズな両親しかいなかったし」

「ま、あたしたちは高校行かせてもらってるし、それだけでかなりラッキーだよなー」とルナちゃんが言い、「分かるわー。中卒で働けって言わなかったことには感謝してるー」とアリサちゃんが賛同した。

やっぱり皆、何不自由なく生活してきた俺とは違う。俺は生まれた家がたまたま良かっただけで、当たり前のように愛されて、当たり前のように我儘《わがまま》を聞いてもらえて、当たり前のように夢や希望を持っていた。

でも、俺の当たり前が当たり前じゃない人もいる。

俺はルナちゃんとアリサちゃんの二人に聞いてみた。

「ねぇ、二人はなんでヤンキーになったの？」

するとルナちゃんがちょっとはにかんで言った。

「えーなんでかな？　今を生きるのに必死になってたら、いつの間にかこうなってたけど」

それを聞いて、アリサちゃんが頷く。

「そうそう。なんか色んなものと戦ってたら、ヤンキーになってた感じ。ヤンキーは戦闘種族だからな」

ヤンキーというステータスには、武装って意味があるのかもしれない。マナだって、自分を傷つける心ないクラスメートに負けないためにヤンキーになった。

今、この瞬間を生き抜くためにヤンキーになる。

ヤンキーといえばヤンキー同士で争っているイメージが強いが、それぞれが本当に戦っている相手は他のヤンキーではなく、自分自身の根深いところにある何かなのかもしれない。

俺がしばらく黙っていると、ルナちゃんが俺の背中をバシバシ叩《たた》いてきた。

「まーまーそんな顔するなって！　これでもあたしたち、案外楽しく生きてんだからさ」

「……親を恨んだりしたことないのか？」

「えー？　そんなの、どんな親のところに生まれたって一度は恨むだろ？」

確かに。俺だって親に当たり散らしたことがある。思春期になれば誰しもが通る道か。

俺が納得していると、次にアリサちゃんが言った。

「親がクズだと、子供もクズだって言われるし、確かにヤンキーやってる私たちは、世間から見たらクズかもしれない。でも、別にあたしたちは親と同じ人生を歩む気はないんだよ。親には親の人生があって、あたしたちにはあたしたちの人生があるんだ。全然別のものなんだから、あたしたちは全く違う何かになりたくて戦うんだ」

逆境にあっても、屈することなく人生に挑み続けるヤンキーJKたち。その逞《たくま》しさは、眩《まぶ》しいくらいに輝いて見えた。

「格好いいな……みんな」

俺がしみじみと呟いて笑うと、ルナちゃんとアリサちゃんが顔を見合わせて笑った。

俺は笑われた意味が分からなくて、キョトンとする。すると、マナが言った。

「そんな風に受け入れられる兄貴は偉いぞ。これからもその調子でよろしく」

偉そうだが、どこか自慢げな言い方だった。

部屋の空気は穏やかで、各々の家庭事情という重い内容に触れていたにもかかわらず、みんな笑顔だった。


深夜0時近くになった。

ルナちゃんとアリサちゃんは既に帰宅し、マナはお風呂《ふろ》に向かった。俺は飲み物を取りに台所に向かった後、玄関の鍵をかけ忘れていることに気づいてドアに近寄る。

そして、ふと、ドアの外に誰かがいる気配を感じた。

まさかと思って靴を履き、ドアを開ける。すると……そこには、エリカちゃんがいた。

「エリカちゃん……？」

「あ、ごめん……もう、みんな帰ったよな？」

「うん……いつも通り、十一時くらいに帰ったよ」

「そっかー……間に合わなかったな。残念」

エリカちゃんが、ふふっと笑った。

「バイト……見つかったの？」

俺が聞くと、エリカちゃんは玄関先に転がっていた小さな石を、靴先で弄《いじ》りながら言った。

「やる気があるなら、まずは髪を黒く染めてこいって言われた」

「……エリカちゃんは、絶対に金髪じゃないと嫌なのか？　染め直す手間も省けるし、黒の方が楽だと思うけど……」

エリカちゃんの頭頂部には、黒い地毛が見えていた。普通ならそろそろ染め直す時期なんだろうが、エリカちゃんはいつも、だいぶ黒いところが目立つようになってからしか染めない。

「でも、黒髪にしたらヤンキーっぽくなくて、仲間から外されないかな……？」

そう言うエリカちゃんは、ちょっと不安げだった。

「ヤンキーってのは、外見よりまず心意気が大事なんじゃないか？　外見が変わったくらいで、友達じゃなくなるなんてあるかよ？　ヤンキーなんだからさ」

ヤンキーでもないのに、ヤンキー論を語ってしまった。それが後からちょっとずつ恥ずかしく感じてきて、むず痒《がゆ》くなったこめかみを掻《か》く。

バカにされるかな……と身構えた。

でもエリカちゃんは、俺を見て優しい微笑《ほほえ》みを浮かべていた。

「おにーさんは、格好いいな」

玄関からの明かりに照らされて微笑むエリカちゃんは、すごく綺麗《きれい》だった。五月の少し肌寒い風が吹いて、エリカちゃんの長い金髪がなびく。

「おにーさんは、大学で教師になる勉強をしてるんだよな？」

「うん、そうだけど？　今、教育学部に通ってるよ」

「じゃあいつか、今の私くらいの生徒に勉強教えてあげる感じ？」

「そうだな。今のところ第一希望は高校の国語の教師だから、そうなるかな……」

「きっと良《い》い教師になるんだろうな。おにーさんの生徒になれる奴《やつ》らが羨ましいわ」

エリカちゃんの言葉が嬉《うれ》しくて、俺はお礼を言った。

「ありがとう。エリカちゃんにそう言ってもらえると、頑張ろうって思える」

エリカちゃんの動きが止まる。

時が止まったみたいにじっと俺を見つめて、ややあって淡紅色の唇が動いた。

「ホントだ。ありがとうって言われるのって……けっこう嬉しいものなんだな」

恥ずかしそうに笑うエリカちゃんが、「おやすみ」と言って踵《きびす》を返《かえ》した。

「おやすみ。気をつけて帰ってな」

夜闇に紛れていく後ろ姿に向かって声をかける。エリカちゃんは振り向かなかったが、俺はエリカちゃんを見送り続けた。

——家から見える角を曲がる直前、エリカちゃんが俺の方を見た気がした。どんな表情をしているのか見えない。でも、小さく手を振ったのが見えた。

俺はエリカちゃんが見えなくなってからも、しばらく曲がり角を見つめていた。

今日、マナたちから聞いたエリカちゃんの家の事情を思い出し、胸がモヤモヤする。

エリカちゃんが帰る家は、エリカちゃんにとって安らげる場所じゃないのだろう。だから以前うちから帰るときに、エリカちゃんは『帰る』と言わなかった。

——私なんかに『おかえり』って言われても言われなくても、何も変わらないだろ？

エリカちゃんに言われた言葉を思い出して、辛《つら》くなる。

今なら想像できる。エリカちゃんがなんであんなことを言ったのか。

「また明日も、うちに遊びに来てくれるといいな」

エリカちゃんにとってうちが心許せる場所なら、歓迎してあげたいと思った。

9話

六月になった。

最近、家庭教師のバイトも軌道に乗り、大学の勉強との両立にも慣れてきたと感じる。元から勉強が好きな人間だから、ずっと学問のことを考えていられる生活は楽しかった。居酒屋のバイトを辞めたのは正解だったと思う。

そして……部屋にヤンキーＪＫがいる状況にも、慣れてきた。

「ねーねーおにーさん。なんかもっとドロドロした恋愛漫画は持ってないのかー？」

時刻は夜の九時。

俺の部屋の床には、制服のまま腹ばいになって転がり、漫画を読んでいるエリカちゃんがいる。そして俺は、勉強机に向かっていた。

「持ってない。そういうのは俺の趣味じゃないから」

「異世界転生ものばっかりだよな。あと、ハーレムもの。やっぱり生まれ変わって無条件にモテモテになりたいって思ってるんだな」

「思ってない。純粋に漫画として面白いと思ってるだけなんだからほっといてくれ」

漫画を読んでるときくらい、別の世界に想《おも》いを馳《は》せたい。だから、思いっきり現実的じゃない漫画のほうが、俺は好きだった。

俺はため息をついて、エリカちゃんをジロッと見た。

「人の漫画を貸してもらってる立場なんだから、文句言わないの」

「文句じゃないよ。楽しいのは分かるし。ただ、たまにはエグい愛憎劇のある漫画を読みたいなと思ったからさ」

「エリカちゃんこそ、どういう気分なんだよ……」

くだらない会話をしながら、俺はパソコンで次の土曜日に使うバイト用のプリントを作っていた。生徒の苦手分野に合わせて作った特訓用プリントだ。

今日もマナたちは外出中。なんだか最近、マナたちが外出していて、エリカちゃんが一人で俺の部屋に来ることが増えた。喧嘩《けんか》をして別行動しているわけじゃなさそうなんだが。

——一人でいたいのかな。いや、俺の部屋に来ても俺がいるから一人にはなれないと思うけど……。

俺と一緒にいたいのかな……なんて考えて、自分で自分を笑う。何だそれは。一体どんな理由があってそうなるんだ。

勉強机にあるコーヒーを飲んで、再びプリント作りに集中しようとした。しかしその時、

またエリカちゃんに話しかけられる。

「おにーさん……私、バイトって無理なのかな？」

「ん？」

エリカちゃんの方を見やると、エリカちゃんは漫画を読んでいる姿勢のままだった。そのまま、続けて言う。

「どこ行っても、『うちじゃ無理』って言われる。向こうから『うちで働かないか』って言ってくるところは、大抵怪しい気配がするからヤダ」

ページをめくる手は既に止まっているようだ。

「……バイトして、家を出たいって言ってたよね？　エリカちゃんはそれから先、何かしたいとかあるの？」

俺が聞くと、エリカちゃんに聞き返された。

「将来、何をしたいのかってこと？」

「あーうん。そんな感じ」

「将来か……あの、大したことじゃないかもしれないけどさ……」

「うん？」

「私、普通になりたいんだ……。敬語とかも普通に使えるようになって、普通に働いて人並みに生活が出来るようになりたい……」

エリカちゃんの言う『普通』って言葉には重みがあった。『普通』という言葉が表すものには個人差があって、みんなが同じものを指しているようで全く違うこともある。それゆえに論争を巻き起こすこともあるんだが、俺はエリカちゃんの言う『普通』が指すものをなんとなく理解出来た。

住む場所に困らず、食べる物に困らず、生活に困らない。お金を稼ぐ方法に悩まず、安定して仕事が出来る。普段は慎《つつ》ましい生活で良いから、たまに美味《おい》しいものを食べて、好きな漫画を買いたい。……そんな暮らしが出来る人に、エリカちゃんはなりたいのだろう。

手助けしてあげたい。

そんな気持ちが湧き上がってきた。

「……変わる気があるなら……手伝おうか？」

出来るだけさり気なく、言ってみた。

「え、でも、私バカだし……めっちゃ大変だと思うよ!?」

思った以上に食いつかれた。エリカちゃんが慌てて漫画を置いて体を起こし、俺の勉強机の近くまで這《は》い寄《よ》ってくる。

やる気がありそうなエリカちゃんを見て俺も嬉しい気持ちになり、エリカちゃんに向かって大きく頷《うなず》いた。

「いいよ、付き合う。エリカちゃんの知りたいこと、出来るようになりたいこと、全部俺が教える」

エリカちゃんはワタワタした。

「えっと、じゃあ何から教えてもらおうかな？　私、知らないことばっかりだからさ！簡単な料理とかも知りたいし、掃除機のかけ方とか、服のたたみ方とかもよく知らなくて……」

「うん。いいよ。一個ずつやろう」

エリカちゃんがギュッと唇を引き結ぶ。大きく見開かれた目がキラキラしていて、頬が赤い。

嬉《うれ》しいって顔全体に書いてある。

「ありがとう……おにーさん」

最近、エリカちゃんに『ありがとう』と言われることが増えた。そして、エリカちゃんと一緒にいて楽しいと思えることも増えた気がする。

それからというもの、俺はエリカちゃんの知りたいことを、何でも教えてあげるようになった。

敬語の使い方。ゴミの分別の仕方。天気予報の見方。賢い買い物の仕方……それからもっと色んなこと。

『そんなの今時ネットで調べればすぐ分かるだろう』と思う人もいるかもしれない。でも、ネットに書かれた文章が難しくて理解出来ない人もいる。誰かの当たり前が当てはまらない人がいるのだ。でも、何もかもが理解出来ないわけじゃない。隣にいてゆっくり説明してやれば、意外とすぐに分かることもある。

そうして、三週間ほど経《た》った。

「へー！　お米って洗剤で洗わないんだな！」

ある日、台所でお米を研《と》ぐ練習をしていると、エリカちゃんが言った。

「食べ物用の洗剤は存在するけど、お米はそのまま水で洗うだけで大丈夫」

「お湯じゃダメなのか？　冬だと寒くない？」

「お湯で洗うと、米の風味が落ちるって言われるからな」

「味に文句を言わないって決めてたらオッケー？」

「それは本人の自由だけど、せっかく食べるなら美味しいものを食べたくないか？　冬場の冷たい水が嫌なら、二十度くらいに温めると良《い》いってネットに書いてあったな」

「二十度かどうかなんて触っても分かんないな」

「温度計使うんじゃないか？」

「面倒くさぁ……」

なんだかんだ言いながら、エリカちゃんは楽しそうだ。

知らないことを知るのは楽しい。俺はエリカちゃんに、何よりそれを体験してほしかった。

「——なぁエリカちゃん。最近色んなこと覚えようとして頑張っているし、たまには息抜きしないか？」

「え？　息抜き？」

「マナたちと遊ばないで、俺と勉強ばっかりしてるだろ？　ご褒美《ほうび》にどこか出掛ける？」

「ご褒美⁉　え⁉　どこ行くんだ⁉」

「うーん……エリカちゃんの行きたいとこならどこでも良いよ？　お金はお兄さんが出すから安心しなさい」

「じゃあ、映画館！　あと、水族館！　それからカラオケに行く！」

「良いよ。分かった。じゃあ、今度の日曜日にね」

「バイトは良いのか？」

「たまたま生徒さんに用事があって、休みなんだ」

俺がニッと笑うと、エリカちゃんが笑った。

「最高かよ！　楽しみにしてる！」

弾《はじ》けるような笑顔。誘って良かったと心から思える、最上級の笑顔だった。


日曜日。気持ちのいい晴天だ。

俺は駅前の大きな時計の下で、エリカちゃんと待ち合わせをしていた。

約束の十二時になったが、まだエリカちゃんの姿が見えない。

――そういえば、エリカちゃんの私服姿を見たことがなかったな。まさか制服では来ないよな……制服姿のＪＫと一緒に歩くのは何かと不安だぞ……。

『もしもしどんな関係ですか』と警察官に尋ねられたら、どうしようか。『妹の友達です』と言ってすぐに納得してもらえるのか。いや、そんな歳《とし》が離れている訳じゃないし、そもそも変な関係に見えることはないか……。

俺がそんな心配をしていると、トントンと肩を叩《たた》かれた。振り返ると、そこには金髪をポニーテールスタイルにまとめたエリカちゃんがいた。

「お待たせ……」

「あ、うん……」

エリカちゃんは白のTシャツに、色の濃いジーンズを履いて、黒いロング丈のジレを羽織っていた。ジレというのは、丈の長いベストである。前にマナがそんなのを着ていた時に、『長いベスト』と言ったらぶっ飛ばされたのでよく覚えていた。

実にシンプルで、爽やかな格好だ。でも、顔面偏差値が高い上にスタイルが抜群に良いから、眩《まぶ》しいくらいに華やかに見えて……。

「なんだよ……人のことジロジロ見んなって……」

俺が無意識にエリカちゃんの観察をしていると、エリカちゃんが頬を赤くして口をとがらせた。

「あ、ごめん……。じゃあ、行こうか」

「うん……」

俺とエリカちゃんは、隣に並んで歩き出す。

三十センチくらい空いた距離が、近いのか遠いのか分からず、ムズムズした気持ちになった。

俺たちはまず映画館で、ヤンキーJKがゾンビと戦うアクション映画を観《み》た。

なかなか激しい戦闘シーンの連続だったから、昼ご飯を食べてからで良かったなと俺は思った。ちなみにエリカちゃんは、何故《なぜ》かずっと笑っていた。

「そんなに面白かった？」

俺は映画が終わってからエリカちゃんに聞いてみた。

「うん！　ゾンビ面白かった！」

どうやら、登場するゾンビのビジュアルにウケていたらしい。まぁ……人の笑いのツボはそれぞれか。

映画が終わると、俺たちは近くの水族館に行った。

適当に魚を眺めながら歩いていると、エリカちゃんの足が屋外のペンギンコーナーで止まって……それから三十分経っても、エリカちゃんはそこから動く様子がなかった。

「あの……エリカちゃん。そろそろ別のも見ようか？」

「あと少し……」

そう言いながら、さっきからその『あと少し』が一向に終わる気配がない。

「エリカちゃん、そんなにペンギンが好きなの？」

「生のペンギンを見るのは初めてだ。めちゃくちゃ可愛《かわ》い……一生忘れないように目に焼き付けるから、待ってて」

さっきまでゾンビ映画を観て笑っていたエリカちゃんが、今度は真面目な顔でペンギンに見入っている。

その目つきは、真剣そのもの。真剣すぎて、ガンを付けているように鋭い。

こんな鋭い眼光を向けられたら、震えて逃げ出す人間もいるんじゃないか。しかしペンギンは岩場の上で、我関せずといった感じで毛づくろいをしている。

時間を忘れるほど好きらしい。

エリカちゃんがこれほど何かに夢中になっている姿を見るのは、初めてかもしれない。

あまりに気に入っているようだから、俺はエリカちゃんに提案した。

「じゃあ……お土産屋さんで、ペンギンのぬいぐるみでも買う？」

「え⁉　あ、でも、お金ないから……見るだけにする」

「あぁ、俺が買うから良いよ」

「いやいや、映画館代も、水族館の入館料も全部出してもらってんだし。そこまで頼めないって」

「遠慮するなよ。大丈夫。ぬいぐるみ一個くらい大した金額じゃない。それに……俺が買ってあげたいって思ってんだから、格好つけさせてよ。断られると、なんか寂しいだろ」

ペンギンを見つめながら、エリカちゃんが苦悩の表情を浮かべる。

だが、ペンギンに対して芽生えた愛は大きかったのだろう。エリカちゃんは俺の顔を見ると、ニッと笑った。

「じゃあ遠慮なく、お土産屋さんで一番高いペンギンを買ってもらうぞ？」

エリカちゃんらしくて、俺はちょっと嬉《うれ》しくなった。

「良いぞ。お土産屋さんでエリカちゃんイチオシのペンギンを見つけろ！」

「よっしゃあ！　行くぜ！　土産屋ぁ！」

気合いを入れるエリカちゃんの声に驚いて、近くにいたカップルが俺たちを見た。

普段なら、『公衆の面前で大声を出さない』って注意していたかもしれない。でも今日は、大目に見よう。

そんな風に思えたのは、はしゃぐエリカちゃんを見て、俺も浮かれていたからかもしれない。

楽しい時間はあっという間に過ぎて、夜の八時になった。カラオケで晩ごはん代わりに軽食をつまみ、ひたすら歌うこと三時間……。普段大学とバイトくらいしか活動範囲がない俺は、だんだん疲れてきていた。

「そろそろ帰るか？」

「えー⁉　まだ遊びたいのにな……」

　疲労を感じている俺とは違い、エリカちゃんはまだまだ元気いっぱい。全長三十センチほどのペンギンのぬいぐるみを片腕で抱きしめ、空いている手でテーブルに置かれているマイクを弄《いじ》っている。

「でも今日は楽しかったし、ペンギン買ってもらったからこれくらいで勘弁してやろう。ありがとう。おにーさん」

　そう言って、エリカちゃんはマイクから手を離した。

　名残惜しそうな横顔。

　ちょっと、可愛いなと思った。

「なぁ、エリカちゃん……色んな勉強頑張ったら、ご褒美としてまた水族館に行こうか？　ペンギン、随分気に入ったみたいだし」

「マジで⁉　行く！　絶対に行く！」

「うん。じゃあ約束しよう。あと秋には大学の文化祭があるから、マナたちも誘って一緒においで」

「おいおい。ヤンキーＪＫ四人組が行って大丈夫なのかー？」

「大丈夫。俺が案内するから」

「そっか……なんか楽しみ！　こんなに先のことが楽しみだと思ったのは久しぶりだ！」

「大人になって、ある程度自分のことが自分で出来るようになったら、もっと楽しいことがいっぱいあるよ。今は我慢したり、辛《つら》くても努力しなくちゃいけないことが多いけど、きっと楽しいことが待ってるから……頑張ろうな」

俺が微笑《ほほえ》みかけると、エリカちゃんはさっとペンギンに視線を落とした。

「うん……楽しみだな。頑張らなくちゃな……」

ペンギンのぬいぐるみを優しく撫《な》でるエリカちゃん。その目はいつになく慈愛に満ちて見えて……俺はその横顔にしばらく見惚《みと》れていた。

10話

七月になった。

エリカちゃんに日常生活で必要な教育を始めて、一ヶ月が経過した。

エリカちゃんはもう、正しいお箸の持ち方でご飯を食べられる。家に上がる時には、自分の靴はもちろん、脱ぎ散らかされた友達の靴も揃《そろ》えられる。脱いだ服をきちんと畳める。

まだまだ教え足りないが、一歩一歩確実に成長していた。

――感慨深いな……。

俺は自分の部屋で、一冊のノートを眺めて感動していた。これは『出来たねノート』。

『出来たねノート』とは、エリカちゃんが出来たことを逐一書き記したエリカちゃんの成長記録ノートである。

もはや、子供の成長を見守る母……。いや、俺は男なんだから父か。

――いやいや、父って歳《とし》じゃないから、やっぱり兄で。

妹の成長記録を取っている兄っていうのもちょっとマズイ気もしたが、気づかなかったことにする。変なことに使ってるわけじゃないから、多分大丈夫だ。

──この調子で行けば、高校三年生になる頃には大分常識のある子になれそうだぞ……。

手元にある本をパラッと開いて、次はエリカちゃんに何を教えようかと考える。

俺は最近、マナー教本や生活に必要な知識の本を読み漁《あさ》って、エリカちゃんに教えるべき知識を考えるようになっていた。

目標は、エリカちゃんが自立した大人になることだ。そのために必要なことは、全部俺が教えてやる。……そう意気込んでいた。

──コンコンコン。

「おにーさん、エリカだけど。入っていいか?」

ノックの後、エリカの声がする。

以前は何も言わずにドアを開けてきたが、この一ヶ月の教育でここまで成長した。マジでおにーさんは感動である。

「どうぞー」

俺が声をかけると、エリカちゃんがドアを開ける。そして、いつになく真剣な顔で俺の部屋に入ってきた。

「ん? 何かあった?」

「へ? 何が?」

「いや、なんか、いつもより真面目な顔をしているから……」

エリカちゃんの鋭い目がギラついている。これからどこかのヤンキーと真剣勝負する予定でもあるのだろうか。

するとエリカちゃんが床に正座をして、自分の膝の前の床をポンポン叩《たた》いた。

「おにーさん。話がある。座って」

「え？」

「いいから座って」

有無を言わさぬヤンキー特有の圧力。以前、ペンギンのぬいぐるみを愛《いと》しそうに撫でていた美少女と、同一人物だと思えない。

「はい……なんでしょうか？」

――もしかして、怒られるのか？

怒られるようなことをした覚えがないのに、不安になる。でも、逆らう理由もないため、俺は素直にエリカちゃんの前に正座した。

俺と対峙《たいじ》したエリカちゃんが、俺を真っすぐ見つめる。そして、おもむろに口を開いた。

「ずっと……考えていたことがある」

「ん？」

「おにーさんと、ずっと一緒にいられる方法を」

「んん？」

何が言いたいのか分からず、自然と俺の眉間にシワが寄る。

——今、なんて言った？　俺とずっと一緒にいられる方法って言わなかったか？

唐突すぎて、脳の処理が追いつかない。

すると、一瞬ボヤッとしていた俺の肩に、エリカちゃんがいきなり掴《つか》みかかってきた。

その勢いで、俺は後ろに倒れる。

——俺は、エリカちゃんに押し倒されていた。

俺を真剣な目で見下ろすエリカちゃん。垂れ下がるエリカちゃんの金髪が俺の頬に触れて、ちょっとくすぐったかった。

「……何？　どうした？」

そう問いかける俺の声は、ただならぬ気配に緊張して固くなっていた。急に口が渇く。

戸惑いが隠せず、何を言えばいいのか分からない。情けない顔をしているであろう俺をエリカちゃんが黙って見下ろしている。

そして、急にエリカちゃんがキリッとした顔で言った。

「一生ついていきます‼　兄貴‼　私を舎弟にしてください‼」

脳の処理が追いつかなくてあっぷあっぷしていたが、ついに脳の処理が停止した。エラーだ。

――ん？　一生ついていきます？　舎弟？

いきなりこのヤンキー娘は何を言い出したのか。

最近エリカちゃんと一緒にいる時間が増えて、エリカちゃんの突拍子もない思考回路にも少しずつ慣れたつもりだった。

だが、こんなことを言われるなんて、考えたこともなかった。

しばらく固まっていた俺の脳みそが、ようやく返事に適していそうな言葉を見つける。

「兄貴って……俺は舎弟なんて持つ気はないぞ？」

「そうなのか⁉」

「だって俺はヤンキーじゃないし……」

「そっか、確かにそうだよな……。じゃあ、じゃあ……」

エリカちゃんが一生懸命何かを考えている。

それより、なんで俺は押し倒されているのか。意味が分からなくて当惑する。

エリカちゃんをこんなアングルから見るのは初めてだ。というより、誰かをこんな風に見上げるのは初めてである。

俺はどうすればいいのか分からなくて、ブツブツ言いながら悩んでいるエリカちゃんを眺めることしか出来ない。そのまましばらく待っていると、エリカちゃんがハッと目を見開いた。

「そうだ、夫婦になろう！　結婚したい‼　結婚してください‼」

「はぁぁ⁉」

さすがに今回は言っている意味がすぐに分かった。すぐに俺の口から困惑の声が飛び出る。

「結婚⁉　俺と⁉　なんで⁉」

「私は未熟な人間だ。ずっとダメ人間だった。今まで私のダメなとこ、みんな見ていたはずだ。でも、ダメな奴《やつ》って思うだけで、誰も助けてくれなかった。でも、おにーさんは違った。私を変えようとしてくれた。おにーさんは、私を人として成長させてくれる男だ！　だからずっと一緒にいたいと思って、ずっと一緒にいられる方法を考えてた」

エリカちゃんの真剣な目を見れば、これが冗談ではないと分かる。数ヶ月前までのエリカちゃんなら、ここからいきなり笑い出して、慌てている俺をからかっていたかもしれない。

でも俺は、ここ最近の真剣に頑張るエリカちゃんを知っている。だからエリカちゃんの目を見たら、ふざけてなんかいないと分かってしまう。

「ほ、本気……？」

一応、確認した。

「本気だよ。信じられないなら……私がおにーさんに全てを捧《ささ》げる覚悟があるってとこ見せてやるよ」

エリカちゃんがそう言って、俺の腹部に跨《また》がって制服の上を脱ごうとして……。

「──待て待て待て！　本気なのは分かった！　だから取《と》り敢《あ》えず、服は着たままでお願いします‼」

エリカちゃんのお腹《なか》をチラっと見てしまって、顔が熱くなる。てか、早く俺の上から降りてほしい。

何から言えばいいか分からない。取り敢えずエリカちゃんを落ち着かせるべきか。そしてエリカちゃんが落ち着いたら、俺も落ち着きたい。

「あのな……エリカちゃん。結婚ってそんな簡単に出来るもんじゃないから。順番ってものがあるでしょ」

「順番……？　あ、そうか！　婚姻届‼　分かった！　今すぐもらってくる！　警察署に行けばいいのか⁉」

「待って‼　お願いだからそんな用件で警察署に行かないで‼」

俺の上から軽やかに退いて、玄関まで走って行きそうだったエリカちゃん。その手を慌てて取って引き留める。

「婚姻届があるのは市役所‼　いや、その前に順番っていうのはそういうことじゃなくて、結婚する相手とは、普通恋人としての交際期間があるだろう？」

「付き合うってこと？　じゃあ付き合おう！」

俺はエリカちゃんが好きだ。しかしこの好きって気持ちは、異性に対する恋愛感情じゃない。兄妹《きょうだい》愛とか、家族愛みたいなものだ。

大事に想《おも》っているエリカちゃんを傷つけるのは嫌だが……これはちゃんと言うしかない。

「……ごめん。俺はエリカちゃんを大事な妹みたいにしか思ってなかったんだ。だから……エリカちゃんの気持ちには応えられない」

俺がそう言うと、エリカちゃんはじっと俺の目を見た。

いたたまれない気持ちになって、俺は目を逸《そ》らす。でも、エリカちゃんはまだ俺を見ていた。

「……嫌いじゃないんだな？」

ふとエリカちゃんに聞かれて、俺はすぐ頷《うなず》く。

「うん……嫌いじゃない」

「そうか分かった。つまり私はこれから……私がどれだけおにーさんを好きかを伝えて、おにーさんが私を異性として好きになるようにすればいいんだな?」

エリカちゃんが不敵に笑った。

ちょっと嫌な予感がする。

——まさか……全然諦めていない⁉

俺の勘は的中したようで、エリカちゃんが自信満々に言う。

「任せろ! 明日、私の想いのすべてをぶつけてやるからな! せいぜい首を洗って待ってるんだな‼」

あんまりな捨《す》て台詞《ぜりふ》で、俺は一瞬フリーズした。

「いや、なんで首を洗うんだよ⁉」

俺に好きになってもらう努力をするんじゃなかったのか。逆恨みで仕留める気満々か。

「ん? そういやなんで首を洗うんだ? 洗うなら全身洗えよって感じだよな。よく使ってたけど、日本語ってたまに意味不明……」

「あのなぁ、首を洗うっていうのは首を切られる準備をするってこと。つまり、懲罰や制裁を受ける覚悟をしてろって意味だよ。言葉の意味も知らずに、安易に使うんじゃありません‼」

「マジか！　ちょー物騒だな‼」

驚きながらケラケラ笑うエリカちゃんを見て、俺は深い溜め息《たいき》をついた。

日本語力も怪しいヤンキーJKが、どうやって俺に想いのすべてを伝え、俺を落とす気なのか。

謎のやる気と自信に漲《みなぎ》っているエリカちゃんを見ながら、俺は行く末に不安を感じていた。

11話

七月中旬。

昼下がりの国立S大学。

腹を空《す》かせて昼食を求める学生たちで密になっている学生食堂。そこで俺も腹を満たすために牛丼を食べていた。

同じテーブルには、俺と同じ教育学部の星野《ほしの》と徳永《とくなが》がいて、俺と同じように牛丼を食べていた。

「彼女にフラれた」

いきなり星野が、真面目な顔をしてそう言った。

「せっかく可愛《かわい》いJKと健全な交際をして好感度を上げていたのに、彼女の友達を目で追っていたら怒られてフラれた」

「人間と付き合っているのに、ゲームみたいに好感度とか言うな。てか、そんな目移りしてんのバレバレだったらフラれるだろうな」

俺の何が悪いのかって顔に書いてある星野に、ごく当たり前のツッコミを入れる。なぜ星野は勉強が出来て顔も良いのに、こんなにアホなのか。

するとと星野がスッと人差し指でメガネの位置を直した。

「くそ……こんなことなら、すぐに不健全な交際に持ち込んでおけば良かった……」

「ちょっと滝に打たれて煩悩《ぼんのう》を払って来いよ」

クールな顔でドクズ発言をしないで欲しい。

普通にしていたらモテモテだろうに、普通に出来ない星野がもはや哀れに思えてきた。

「俺も彼女を求めることを止めて、上条《かみじょう》みたいに枯れ果てた人生を歩んでみるかな……」

星野がそう言いながら、頬杖《ほおづえ》をついて牛丼を食べ始めた。

「食事中に頬杖をつくんじゃない。それから俺は枯れ果ててなんていない。ただ休眠してるだけ…………だったんだけどな」

失礼なことを言う星野を諫《いさ》める途中、つい歯切れが悪くなる。先日、エリカちゃんにプロポーズされたことを思い出してしまった。

俺が微妙な顔をしたのに気づいたのか、しばらく牛丼に夢中だった徳永が俺に聞く。

「ん？　なんだ？　何かあったような言い方だな。もしかして、好きな子が出来たとか？」

「うーん……俺が好きなんじゃなくて……」

「何⁉　誰かが上条を好きになったのか⁉」

俺の言葉に反応して、星野が大声を上げる。大袈裟《おおげさ》な反応も失礼極まりないから止《や》めてほしいが、それ以上に学食で騒ぐのは止めてほしい。近くのテーブルにいる女子学生たちが、俺たちのテーブルをチラチラと見ている。

「何？　相手は誰？」

徳永が身を乗り出して俺に質問してきた。

俺が「妹の友達」と答えると、星野が「ってことはＪＫ⁉」とまた大きな声を出した。

「星野、頼むからお前は黙って牛丼を食ってろ」

俺は星野の牛丼に載っていた肉の塊を箸でつまんで、星野の口に突っ込んだ。星野が黙って肉を噛《か》む。

「なになに？　それで、今、どういう状況なんだ？　上条は付き合う気があるのか？」

徳永がニヤニヤしながら俺に言った。

「正直、妹くらいにしか思ってなかった子だから、断ったんだ。そしたら、今、猛アピールされてて……」

過剰に反応されたくなくて、いきなりプロポーズされた話は割愛した。

「え？　猛アピールってどんな？」

『猛アピール』というワードが気になったのか、徳永がますます身を乗り出す。

「まず……ラブレターを書いてきてくれたんだ……大量のね」

俺はプロポーズされた翌日のことを、二人に話すことにした。

エリカちゃんはその日、大量のラブレターを持ってきた。可愛い便箋が足りなくなったのか、学校のプリントの裏やポスティングされたチラシの裏にまで書かれた愛のメッセージ。エリカちゃんが俺に対してこんなに熱い想いを抱いていたのかと驚いたが……。

「……読んでみて仰天したよ。中身が薄い上に誤字脱字が目立つ。『恋している』を『変している』なんてベタな間違いする人を初めて見たし、『愛してる』の『愛』の画数が多いからって、グシャグシャに書いて誤魔化してあるんだ」

俺がエリカちゃんからもらったラブレターの説明をしていると、徳永が眉根を寄せた。

「まさか、それ……本人の前で指摘してないよな？」

「え？　したけど？　赤ペンできっちりチェック入れた」

「このどアホぉぉぉ！　お前は女心を何にも分かっちゃいないな！　これだから恋愛ド素人《しろうと》はモテないんだよ‼」

今度は徳永が大声をあげた。学食で『恋愛ド素人』と叫ばれるのって、かなり辛《つら》いんだが。

「しょうがないだろ！　俺は国語の教員志望なんだよ！　美しい日本語が好きなんだ！　間違った日本語を無視できないんだ！」

　俺が自分の行いの正当性を主張すると、肉を咀嚼《そしゃく》し終えた星野が会話に参加してきた。

「それで？　肝心のそのＪＫの反応はどうだったんだ？」

「え？　あ、漢字の書き取り練習をして、『愛』ってちゃんと書けるようになって喜んでたけど？」

　丁寧に書き方を教えると、エリカちゃんは素直に練習をした。そして、『愛している』と綺麗《きれい》に書けた紙を、「じゃこれが本番用な」と言って俺に渡してくれた。

「なんだその天然記念物のようなポジティブＪＫは……。俺の前に現れてくれれば、俺はそんな可哀想《かわいそう》なことさせずに幸せにしてあげるのに……」

　俺の話を聞いて、星野が額を手で押さえる。

　徳永が星野に賛同して頷いた。

「で？　日本語の指導はともかく、そのラブレターをもらったお前はどう返事をしたんだ？」

　徳永が真面目な顔で俺に聞いた。

「いや……ありがとうって受け取っただけだけど……？」

俺が答えると、星野の目がカッと見開かれる。

「何でだよ⁉　ラブレターの添削指導しかしてないのか⁉　ちゃんと返事しろよ！」

「妹くらいにしか思えないから付き合えないって既に断ってあるんだ。断ってもラブレター書いてくる相手に、どう返事したら良いんだよ？」

世間知らずで、俺が注意しなかったら何も出来ないままだったエリカちゃん。なんとかしてあげたいという気持ちは兄心だった。

エリカちゃんと付き合って、抱きしめたり、そのうちキスしたりするのを想像すると……なんか後ろめたい気持ちになる。

俺が微妙な表情をしているのに気づいたのだろう。徳永が俺を見て穏やかに笑った。

「まぁ、上条は真面目すぎるからな。どうせ、相手がＪＫってのが一番引っかかってるんだろ？　なら、ＪＫがＪＫじゃなくなるのを待ってもらう手もある。そうなりゃ、上条も異性として見られるようになるかもしれないしな」

確かに、俺が一番気になっているのは、エリカちゃんがまだ高校生だというところかもしれない。高校卒業するまでは無理って、はっきり言ったらいいのか。

さすがは恋愛レベルトップクラスの徳永。お蔭《かげ》でエリカちゃんにどう説明すればいいか分かった気がする。

胸が少し軽くなった。

ところが、星野は眉根を寄せている。

「ＪＫじゃないほうがいいっていうのもおかしな話だな……」

「お前はもっと自重しろ」

星野の際《きわ》どい発言にツッコミを入れてから、俺は残りの牛丼を食べ始めた。


その日の夕方。

俺が帰宅して部屋に向かうと、なぜか俺のベッドにエリカちゃんが寝転がっていた。わざわざ布団《ふとん》までかけて、完全にリラックスしている。

「おかえりー。おにーさん」

いつも通り楽しそうなエリカちゃん。そのいつも通りな姿を見て、ちょっとホッとした。

今日星野たちにラブレターへの対応をしこたまダメ出しされて、エリカちゃんのことが気になっていた。エリカちゃんが、実はショックを受けていたらどうしようと思っていたが……その心配は必要なさそうだ。

俺は頭をポリポリ掻《か》きながら、エリカちゃんに話しかけた。

「ただいま。あの……エリカちゃん。そこは俺のベッドなんですが……」

「使いたいなら一緒に使えば良いだろ？　ほら……」

エリカちゃんがそう言って、布団を捲《めく》った。ベッドの上で俺を招くエリカちゃん。その身にまとったシャツのボタンが、いつもより多く外れていた。胸の谷間と、薄紫色のブラがちらっと見えている。

——絶対にわざとだな……。

瞬時に俺の脳内に『見るの禁止！　意識しない！』と指令が下る。

「ん？　どうしたんだ？　おにーさん。顔が赤いんじゃないか？　熱があるなら、一緒に寝ようか？」

「お気遣いどうも。でも大学のレポートがあるから、寝てる暇はないんだよ」

「えー？　無理すると体に悪いぞー？」

「お構いなく」

真面目に相手をすると、相手の思う壺《つぼ》だ。

俺は机に向かって、レポートの準備を始める。パソコンを起動しようとしていると、黒い画面に後ろから忍び寄るエリカちゃんの姿が映った。

ピトッと俺の背中にくっついて、俺の肩越しにパソコンを覗《のぞ》き込むエリカちゃん。背中に温かくて柔らかいものが押し付けられている。さすがにこれを感じないようにするのは

無理だった。

「パソコンで、そのレポートとやらを書くのか？」

「そうだよ」

「すごいな……大人の男って感じがして、格好いいな」

耳元で格好いいとか言われると、体温の上昇が抑えられない。俺の意志とは関係なく、もはや生理現象に近い反応だ。

「あれ？　おにーさん、耳が赤いぞ？　やっぱり、私とベッドで休んだほうが良《い》いんじゃないか？」

「俺の耳が赤いのが心配なら、耳元で囁《ささや》くの止めてもらえませんかね？　ついでに、離れていただけると助かるんですが……」

ついつい敬語になる。

「イヤだね。なんか、おにーさんとくっついてると温かくて気持ちがいいし。離れたくなくなっちゃたな……」

今度はエリカちゃんが後ろから腕を回してきて、俺の二の腕ごとぎゅっと抱きしめてきた。

密着率が上がった。

「あのーエリカちゃん。腕が動かせませんが」

「結婚してくれるなら離してやるよ」

「エリカちゃんその話なんだけど、俺はエリカちゃんが高校を卒業するまでは、絶対に付き合わないからな」

「なんでだよ？　なんで高校生じゃダメなんだよ？」

エリカちゃんが口を尖《とが》らせる。

「それは……高校生はまだ子供だろ。子供相手に色々出来ないし……」

「色々って例えばー？」

「そ、それは……キスとか……」

その瞬間、俺の頬に柔らかいものが触れた。

俺は驚いて、言葉を失う。

「はあ？　高校生でもキスくらい普通に出来るんだけどー？」

俺の頬に触れた唇が、楽しげに笑っている。

それを見て、俺の中で何かがブツッと切れた。

俺が急に椅子から立ち上がると、エリカちゃんがちょっと驚いた顔で俺を見上げる。俺は無言でじっとエリカちゃんを見下ろしたまま、エリカちゃんに詰め寄る。俺の思いがけない行動に驚いたのか、エリカちゃんは後ずさって壁際《かべぎわ》に追い詰めらた。

俺は自分の体と壁の間にエリカちゃんを閉じ込め、エリカちゃんに顔を近づけた。

「あんまり大人をからかうなよ。どうせ恋愛経験ないから何も出来ないって思ってんのかもしれないけど、男ってのはやろうと思えば本能で動けるんだからな」

いつもより低い声で言うと、エリカちゃんの顔がぶわっと赤くなる。首もシャツの胸元から覗く肌も、綺麗《きれい》に色づいた。元の肌色が白いせいで、その変化がよく分かる。

赤くなって目を潤ませたエリカちゃんは、けっこうクるものがあった。だが、これはただのパフォーマンス。マジになるつもりなんて微塵《みじん》もない。

すぐにちょっと体を離して、ポンポンとエリカちゃんの頭を撫《な》でてやった。

「妹としてならいくらでも仲良くするつもりだから、ちょっと頭冷やせよ」

俺が言うと、エリカちゃんが悔しそうに唇を引き結ぶ。まだ顔が赤くて、目は潤んだままだ。

――ちょっとやり過ぎたかな。

ビビらせすぎたかと反省していると、エリカちゃんがいきなり俺の襟ぐりを掴《つか》んだ。

エリカちゃんに引き寄せられて、俺の唇にエリカちゃんの唇が当たる。

「――バカ。そんなことされて冷めるわけないだろが。むしろ……燃えたからな」

鋭い眼光。

ダメだ。これは諦めてくれた目じゃない。

エリカちゃんはパッと手を離すと、俺を置いて部屋を出ていった。

「じゃあまたなー」

いつも通りの感じで、エリカちゃんが去り際に言う。こちらを見ないから、どんな顔をしているのかもう分からなかった。

「参ったな……」

一人になった部屋で呟《つぶや》く。

諦めさせるために強引な手に出たつもりだったが、逆に焚《た》きつけてしまったらしい。

今更ながらエリカちゃんの唇の感触を思い出して、俺の顔も熱くなった。

「妹みたいに思ってんだから……こんなにドキドキさせんなよ……」

エリカちゃんをちょっと意識してしまって、なんか悔しかった。

12話

八月某日。俺のいる街は、毎日毎日うだるような熱さに見舞われている。

世間の学生は夏休み。俺は家庭教師のバイトが忙しくて、午前中から夜までバイトをしている日が多かった。

たまに家にいると、エリカちゃんが『何か教えて』と言ってくる。俺はエリカちゃんのアプローチを躱《かわ》しながら、エリカちゃんに日々の生活で役立つものを教えていた。

断っても流しても躱しても、エリカちゃんは俺へのアプローチをやめない。もはやエリカちゃんは、その一連のコミュニケーションすら楽しんでいるようだ。

そんな日が続いたある日。

バイトが休みで俺が珍しくお昼に家に帰ると、リビングにマナとエリカちゃんがいた。

「ただいま」

「あ、おかえり。兄貴」

「……」

マナは『おかえり』と言ってくれたが、エリカちゃんは何も言わない。その上、俺と目を合わせようともしなかった。

「……何かあった？」

俺がマナに聞くと、マナは「うん……ちょっとね」と鈍い返事をしてエリカちゃんをちらっと見た。言ってもいいものか、悩んでいるようだ。

しかし、エリカちゃんは黙っていて何も言わない。

何かあったようだが、それには触れないほうが良いのかもしれない。そう思って明るい話題を振ってみた。

「そうだ、エリカちゃん。夏休みだし、今度また水族館行くか？」

エリカちゃんがピクッと反応する。

「そういや、前にエリカと二人で水族館行ったんだって？　私も行きたいんだけどー」

マナが拗《す》ねたように言った。

「分かった分かった。じゃあみんなで行こう。ルナちゃんもアリサちゃんも誘ってさ！」

俺は気前よく言う。

すると突然、エリカちゃんが立ち上がった。

「ごめん……マナ。やっぱり帰る」

「え？　エリカ？　あ、もしかして、兄貴と二人で行きたかったとか？」

「違うから‼」

珍しく、エリカちゃんが声を荒らげた。

そんなに強く否定されると思ってなかったのだろう。マナも驚いた顔をしている。

「ごめん……」

エリカちゃんは気まずそうにそう言って、リビングを出ていった。

リビングで固まっている俺とマナ。玄関の方でドアが開く音がし、やがて閉まる音がした。パタパタと外を走る足音は、すぐに耳に届かなくなる。

俺はマナに謝った。

「ごめん……なんか、振った話題が良くなかったかな?」

「……よく分かんないけど、多分、いっぱいいっぱいだったんだと思う……」

マナの表情は、暗く沈んでいた。

「何かあったの? エリカちゃん」

「……夏休み中って、学校ないでしょ? だから、家にいる時間が増えるじゃん?」

「うん……」

さっきはエリカちゃんの手前、言ってもいいものか悩んでいたマナだが、今度は迷うことなく俺に説明を始めた。

「お母さんの恋人が一日中ずっと家にいて、家に居づらいんだって。お母さんは夜仕事に行って、昼間は一人で寝ている。だから、昼間はそのお母さんの恋人と二人みたいなもんで、ストレスが溜《た》まってて……今朝はそのお母さんの恋人と大喧嘩《おおげんか》したらしい」

「そっか……それでうちに来てたのか？」

「うん。随分荒れてたのを、なんとか宥《なだ》めてたんだ。そこに兄貴が帰ってきたんだけど……」

「俺が帰ってきたことで、またエリカちゃんの機嫌が悪くなったってことか」

いつもなら俺に率先して絡《から》んでくるエリカちゃん。付き合う付き合わないで少しごちゃごちゃしているが、日頃の関係は良好だった。

俺の顔を見ないのも、避けられるのも初めてだった。

「エリカにあんな言い方されるの、初めてだったな……」

初めての反応にショックを受けたのは、マナも同じだったようだ。

マナの目に涙が浮かんで、少し唇が震えている。

「兄貴……私、どうしたらいいかな？　私、エリカの力になりたいよ……」

「マナ……」

「私、今でも鮮明に覚えてるんだ。中学の時、エリカが私に初めて話しかけてくれた日のこと……」

マナは少し泣きながら、エリカちゃんと出会った日のことを俺に語った。

地味で大人しいマナをからかい、クラスメートが机に悪口を落書きしていた日。ショックを受けたマナが、飛び降りてやろうと思って屋上に行くと、金髪の天使みたいなエリカちゃんがいたこと。泣いているマナの口に、エリカちゃんがポケットから出したチョコレートを放り込んだこと……。

マナの口からエリカちゃんと出会った日のことを聞くのは初めてで、胸がぎゅっと締め付けられた。

「学校にチョコレート持ってきていることにもビックリしたけど、そのチョコレートがすっごく変な味でもっとビックリした。でさ、私が『美味《おい》しくない』って言ったら、エリカが大笑いして……つられて一緒に笑ってたら、屋上から飛び降りようとしてたことも忘れてた……」

泣きながら、思い出したようにふと笑うマナ。

「『あんた、学校楽しくないんでしょ？　私と一緒にサボる？』って誘ってくれて……あぁ、そうか、あんな教室で我慢して過ごさなくても、居場所は他にもあるんだって気づかされた。あの時エリカがいなかったら……もし、話しかけてくれなかったら……私は、今ここにいないと思う」

「……エリカちゃんには、感謝だな。マナの命を救ってくれた。そして、マナに自分を変える強さをくれた」

「そうなんだ。死にきれなかったとしても、高校には行けなかったと思う。きっとずっと家に引きこもってた……」

マナが自分の涙を手で拭う。

そして、強い目をして俺に訴えた。

「だから、エリカが大変だっていうなら、私はエリカを助けたい。今度は、私がエリカを救いたい！　兄貴！　協力してほしい！」

断る理由なんてなかった。

俺はすぐに力強く頷《うなず》く。

「分かった。俺も、エリカちゃんの力になりたい。協力するよ」

「ありがとう……兄貴」

俺とマナが、今こうやって向き合って話ができるのも、エリカちゃんのお蔭《かげ》だ。妹の大好きな友達のためなら、俺は喜んで協力したい。

——いや、それだけじゃない。エリカちゃんは俺にとって大事な存在だから、俺だってエリカちゃんを助けたいんだ。

俺はぐっと拳を握った。

「じゃあ、まずは手分けしてエリカちゃんを捜そう。家でトラブルがあったのなら、家に戻ることはないな」

「だよね。私は街の方の、みんなでよく遊ぶところを中心に捜してみるよ」

「分かった。じゃあ俺は、この周辺の空き地とか公園とかから捜してみる」

「オッケー。任せた」

マナがスマホを持って玄関に向かう。俺も鞄《かばん》にスマホが入っているのを確認して、玄関に向かった。

時刻は午後一時。昼飯を食べ損ねてしまったが、それは仕方ない。エリカちゃんが心配で、食べてから行く余裕はなかった。

二人で玄関のドアを開けると、熱気が家の中に押し寄せてきた。

「あっつ……」

外に出た俺の口から、苛立《いらだ》ちを含んだ呟きが漏れる。

八月の日光が容赦なく照りつけてきた。

目が眩《くら》む。すぐに汗だくになりそうだ。

でも、これしきのことで止まるわけにはいかない。

「マナ。適宜水分補給して、熱中症に要注意だぞ。具合が悪くなったら、すぐに電話して」

「了解。エリカ……どこか、涼しいところにいてくれるといいな……」

「そうだな……」

こんな暑い中、居場所がないからとフラフラしていたら、若くても体調を崩す。命だって落とす危険がある。

俺とマナは別方向に駆け出した。マナは駅の方へ。俺は住宅街の方へ。

俺の向かう方向には、小さな空き地が幾つかと、それなりに広い公園がある。

俺も小さい頃、親と喧嘩《けんか》して家を飛び出したことが何度もあった。だから、ひとりで落ち着ける場所の候補は何個も頭に浮かぶ。

——うっかり、その辺にいてくれないかな……。

俺が最初に見つけたいって強く思った。見つけて、話を聞いてあげたい。なんで怒ったのか、聞きたい。

エリカちゃんに会えることを祈りながら、炎天下の道を走る。

一つ目の空き地には……いない。二つ目の空き地にも……いない。

やがて公園が近づくと、セミの声が大きくなってきた。

何が言いたいのか分からないくらい、喧《やかま》しく鳴くセミたち。俺をそこに招こうとしているようにも聞こえるし、ここに来るなと拒んでいるようにも聞こえた。

しかし、セミがなんて言っていようが俺には関係ない。

迷わず公園に足を踏み入れると、木陰に入った。

涼しい。

大きな木が何本も茂っているから、直射日光が遮られた。それだけで体感気温がぐっと変わる。

俺はシャツの袖で汗を拭いながら、エリカちゃんがいないか確認する。

ブランコ。滑り台。シーソー。ジャングルジム。

暑さのせいで遊んでいる子供の姿もなく、遊具が寂しそうだった。

ベンチ。水飲み場。トイレ。

どこにも人の気配はない。

——あ、そうだ。俺がよく隠れていた土管が、公園の外れにあったはずだ。

木陰にある、大きな土管。すぐ近くのフェンスの向こうには、古くてボロボロの家屋があり、周辺に不気味な雰囲気が漂うせいで子供はあまり近づかない。

でもその土管は、俺にとってはお気に入りの隠れ場所だった。

ここに入れば大抵の雨風は凌《しの》げる。冬は少しお尻が冷たくなるけど、吹きさらしにいるよりは温かい。夏は土管の冷たさが心地よくて、隠れたままうっかり寝てしまったこともある。たくさんの思い出に満ちた場所だ。

その中を覗《のぞ》き込んで、ホッと息をついた。

「エリカちゃん……」

呼びかける。すると、薄暗い穴の中で影が動く。

そして金髪の美少女がハッと顔を上げて、俺を見た。

13話

この炎天下でも、公園の木陰にある土管は少しひんやりしていて、触ると心地よい。

エリカちゃんは少し汗をかいているが、顔が真っ赤で今にも倒れそうってほどではなかった。

「今、飲み物買ってくるから、そこで待ってて」

俺はそう言って、公園内にある自販機に向かった。そして二人分のスポーツ飲料水のペットボトルを買い、すぐに土管に戻る。

「どうぞ」

土管の中にペットボトルを差し入れると、エリカちゃんが受け取ってくれた。

エリカちゃんは土管の中で。俺は外で土管に寄りかかって水分補給をする。それから、その場でエリカちゃんに声をかけた。

「マナと一緒に捜してたんだ。マナに、エリカちゃんを見つけたって連絡するね」

そう言ってスマホを操作していると、中から声がした。

「言ってもいいけど……場所は言わないで」

「……分かった」

俺は返事をして、マナに電話をかける。

「──あ、マナ？　エリカちゃん、見つかった。……うん。そう。俺さ、もう少しエリカちゃんと話してから家に連れていくから、家で待ってて。……うん。悪いな。じゃあ……」

電話を切ると、エリカちゃんが話しかけてきた。

「マナから聞いたの？　今日、何があったか」

「聞いたよ」

「そっか……」

それだけで、会話が途切れた。

どう話を切り出そうか。少し迷った。

俺たちの会話が止まっても、お喋《しゃべ》りなセミの声は止まらない。一体何をそんなに喚《わめ》いているのか。しばらくセミの会話に耳を傾けていたが、このままいても仕方ないと思い、エリカちゃんに話しかける。

「……なぁ、エリカちゃんって、なんでヤンキーになったんだ？」

「……え？」

「あ、いや……俺、エリカちゃんのことあまり知らないからさ……。エリカちゃんがヤンキーになるキッカケってどんなだったのかなって思って」

「へぇ、私の歴史に興味あんの？」

エリカちゃんが、土管の中でちょっと笑った気がした。

「あるよ」

俺はハッキリと答えた。

沈黙が流れる。

しかしややあって、エリカちゃんが小さな声で話しかけてきた。

「それを話すには、私の生い立ちから話さなきゃいけないな……」

「聞いてもいい？」

「うーん……ま、いっか。おにーさんだし」

少し迷ったようだが、エリカちゃんは承諾した。そして、淡々と話し始める。

「私のお母さん、若い頃はキャバクラで働いてたらしいんだけど、それなりにモテたらしい。それで、男をとっかえひっかえしてたら、うっかり私を授かったの」

昨日観たテレビの話でもしているように、エリカちゃんの口調は軽い。

「だから、お父さんが誰だかお母さんも分かんないわけ。でもＤＮＡ鑑定とかしようと思わない。だって、最初から私への興味はゼロなんだ。可愛《かわい》いなんて思ってないし、産まなきゃ良かったと思ってる。なんで産んだかは……きっと理由なんてないね」

「そうか……」

「多分お母さんは、私が野垂れ死ぬのを待ってたと思う。でも私、なんか運が良くて、近所のおばちゃんが甲斐甲斐《かいがい》しく面倒みてくれたから、不自由せず生きてたんだ。ヤバかったのは……十歳で高熱出した時かな……」

「うん……」

俺は相槌《あいづち》を打ちながら、話の先を促す。

「私が熱出したと分かったら、お母さん、三日も帰って来なかったんだ。私がくたばるのを待ってたんだろうね。なんかその時に、すごくガッカリした。そんで……悔しかった。悔しいから、絶対に生きてやる。生き延びて、あんたが羨ましがるくらい幸せになってやるって、決めたんだ」

そして奇跡的な回復後、エリカちゃんは大人しく家にいることをやめ、外をうろつくようになった。そして年上のお姉さんたちとつるむようになったと話してくれた。

「そのお姉さんたちが、ヤンキーだったの？」

俺が聞くと、エリカちゃんは小さく笑った。

「当時はヤンキーなんて知らなくて、ただの格好いいお姉さんらだなとしか思ってなかったよ。でも、お姉さんらに染まった私はヤンキーになってたから、あのお姉さんらはヤンキーだったんだろうな」

「そっか……エリカちゃん、良《い》い人たちに出会えたんだな」

俺がそう言うと、少し間をおいてエリカちゃんが俺に聞いた。

「おにーさんって、真面目なくせにヤンキーに抵抗ないよな。なんで？」

「うーん……なんでと言われると……」

木々を見上げて、答えた。

「ぶっちゃけ、ヤンキーには抵抗あるよ。ヤンキーっぽい人が来ただけで身構えるし、話しかけられたらビビる。でもマナの友達なら、ヤンキーとか関係なく受け入れるし、エリカちゃんの居場所を作ってくれたヤンキーなら、良い人たちなんだろうなって思う」

「おにーさんのそういうところ……好きだよ」

その声が少し泣いているように聞こえて、俺は慌てて土管の中を覗こうとした。

「エリカちゃん……」

「おにーさん」

俺がエリカちゃんに呼びかけたのと、エリカちゃんが俺に話しかけようとしたタイミングが被《かぶ》った。俺はエリカちゃんの話を聞こうと、口を噤《つぐ》む。

そのまま黙って土管を覗き込むと、エリカちゃんが俺をじっと見た。

「さっきは、ごめん。せっかく水族館に誘ってくれたのに……嫌な感じだっただろ」

不安そうな目で、俺を見つめる。俺はエリカちゃんを安心させたくて微笑《ほほえ》みかけた。

「俺は大丈夫。それより俺の方こそごめん。エリカちゃんを怒らせるようなこと言っちゃったかな？」

「いや、おにーさんは悪くないんだ……。私が……私が悪くて……」

エリカちゃんの目から、涙が落ちた。

「おにーさんが買ってくれたペンギンのぬいぐるみ……あいつが捨てちゃったんだ。大事にしてたのに……何より、大事にしてたのに！　でも、もっと大事にしてなきゃいけなかったんだ。あいつに捨てさせないくらい、もっと大事にしてれば……！」

大粒の涙が、ボロボロと落ちる。

「あいつって……お母さんの恋人？」

「そうだよ……あいつが……勝手に……！」

俺は、エリカちゃんと水族館に行った日のことを思い出した。大事に大事に、ペンギンのぬいぐるみを抱きしめていたエリカちゃん。

あのペンギンのぬいぐるみはエリカちゃんが土産屋で選んだ、とっておき。幾つも種類のあるペンギングッズの中から選び、さらに同じ顔をしたぬいぐるみの群れの中からエリカちゃんが真剣に悩んで選び抜いたものだった。

きっと、家に帰ってからも大切にしていたに違いない。

「毎日一緒に寝てたんだ。あのぬいぐるみがあったから、あいつがいても我慢出来てたのに！　キモい視線にも絶対に負けないって思ってたのに！　ごめん……おにーさん。ごめんなさい……」

今朝の喧嘩《けんか》の原因は、エリカちゃんの大事なペンギンのぬいぐるみを、お母さんの恋人が勝手に捨てたせいだったらしい。俺が家に帰ってきた時に目を合わせようとしなかったのも、水族館の話題を振ったらエリカちゃんの様子が変わったのも、俺に申し訳ないと思ったせいだったのか。ようやく全部理解出来た。

俺の胸の奥から何かがこみ上げてくる。

今すぐエリカちゃんを抱きしめてあげたい。でも、エリカちゃんにそこまでしたらいけない気がしてグッと我慢した。

そして、穏やかに提案する。

「また、買いに行こう。ペンギンもいっぱい見て、ぬいぐるみを選ぼう」

「でも、あのぬいぐるみと同じものはお店にないんだ。おにーさんと初めて水族館に行って買ったペンギンは、あの子だけなんだ……」

「……それだけ大事にしてくれていたんだね。ありがとう。今度水族館に行ったら、二号を買おう。また、エリカちゃんの力になってくれる子を探そう」

「……良いのか？」

「もちろんだよ」

俺はエリカちゃんに手を差し伸べた。

泣いていたエリカちゃんが、細い手で俺の手を取る。

華奢《きゃしゃ》で、柔らかい手だ。強く握ったら壊れてしまいそうな気がして、そっと、ゆっくりと、外へ誘導する。

「ひとまず、うちに帰ろう。マナが心配してる。それから、ご飯を食べて落ち着こう。俺、実はかなりお腹《なか》が空《す》いてるんだ」

俺がそう言うと、エリカちゃんがふふっと笑った。

「ごめん……おにーさんが帰ってきてすぐに、私が飛び出して行っちゃったんだっけ。ご飯食べずに来てくれたのか？」

「大事なエリカちゃんが心配だって時に、呑気《のんき》に飯なんて食ってられるかよ……。本当に、心配したんだからな」

俺はポンポンとエリカちゃんの頭を撫《な》でた。そのまま軽く頭に手を置いていると、急にエリカちゃんの頭の温度が上昇してきたのを感じる。

見ると、エリカちゃんの顔が真っ赤だった。

「ん⁉ エリカちゃん⁉ 顔真っ赤だけど大丈夫⁉」

俺は慌てた。

「熱中症かもしれない！」

「は⁉ 別に大丈夫だって！ 絶対に熱中症じゃない！ 熱中症じゃなくても、顔は赤くなるから！ 良いから早く家に行こう！ マナが待ってるんだろ！」

エリカちゃんは俺を置いて、スタスタと公園の外へと歩き出す。キビキビとした足の運びを見るからに、本当に熱中症ではないのかもしれない。

俺はエリカちゃんを追いかけて、すぐに横に並んだ。

「それからさ……エリカちゃん」

「何？ まだ何か変か？」

話しかけただけで、エリカちゃんにジロっと睨《にら》まれる。『余計な心配はもう止《や》めてくれ』と顔に書いてある気がした。

「そういうのじゃなくて……」

「何だよ？」

「しばらくうちに泊まりなよ。お母さんには、俺から話をするから」

エリカちゃんの足がピタッと止まる。

「お母さんに、会いに行ってくれるの？」

そう問いかけるエリカちゃんは、眉根をぎゅっと寄せて心配そうに俺を見ていた。

「うん。ちゃんと話をして、夏休みの間はうちに泊まれるようにしよう。きっとマナも喜ぶし、うちの両親は受け入れてくれるだろうから」

「私も……一緒に行く」

「大丈夫？」

「大丈夫……おにーさんが私のために頑張ってくれるんだ。私も一緒に頑張りたい」

「分かった。じゃあ、一緒に行こう」

歩き始めた俺の手を、エリカちゃんがぎゅっと握ってきた。恋人同士でもない俺たちが手を繋《つな》ぐのは普通じゃないかもしれない。でも今日は、俺も手を握っていたい気分だった。

14話

全てを焦がすような強い日射《ひざ》しの中、エリカちゃんと手を繋いで帰った。握りあった手の中は、二人の汗で濡《ぬ》れている。それでも俺たちは何も言わずに、手を握ったまま俺の家に向かった。

そして辿《たど》り着いた自宅の玄関のドアを開けると、玄関には既にマナがいた。俺たちが帰ってくる気配に気づいて待ち構えていたようだ。

「もう！　遅いんだよ！　私がどれだけ心配したか分かってんのか⁉」

マナが怒りながら、俺たちにタオルを渡してくれた。冷たい濡れタオルだ。顔に押し当ててると、熱くなった肌に冷たい水気が染《し》み渡る。

エリカちゃんも濡れタオルに顔をうずめて、感動の声を上げた。

「なにこれ気持ちぃぃぃ」

するとマナが、ちょっとキレた口調で言う。

「二人ともきっと汗だくで帰ってくると思って、濡れタオルを冷蔵庫で冷やしておいたんだよ！」

俺もマナに感謝を伝えた。

「マナ、ありがとう！　お前はなんて気が利《き》くんだ……！」

「どうも！　兄貴の教育の賜物《たまもの》だな！　大昔の夏に、私が部活で汗びっしょりになって帰ってきたら、兄貴がこんなの用意してたなって思い出したんだよ！」

マナは中学一年から不登校気味になるまで、軟式テニス部に入っていた。夏休みの練習で顔を真っ赤にして帰ってくるマナのために、こんな冷やしタオルを用意してたっけ。

妹のファインプレーで俺たちの汗は間もなく止まり、俺たちはそれぞれの部屋で着替えを済ませた。

そしてリビングに遅めの昼食を取りに行く。テーブルについたエリカちゃんは、シンプルな黒いTシャツを着て、ゆるっとした短パンを穿《は》いていた。マナの服を借りたようだ。

「二人がお腹空かせて帰ってくると思って、すぐ食べられるように準備してたんだよ！ありがたく食え‼」

マナが手作りサンドイッチをテーブルに並べる。美味《おい》しそうで、見ただけで涎《よだれ》が出た。

「あぁぁマナぁ。お前は最高の妹だよ……」

「他にすることがなかったからな！　何かしてないと、無駄に心配になるし！」

まだキレているマナに、エリカちゃんが謝った。

「ごめんな……マナ。心配かけた」

「無事だったから良《い》いけど。それで、何を話してたらこんなに時間がかかったんだよ？」

マナの問いには、俺が答えた。

「実はこれから、エリカちゃんと二人でエリカちゃんの家に行こうと思ってる」

「え？」

マナが驚く。

「夏休みの間だけでも、エリカちゃんをうちで預かろうと思ってさ。俺から話をしようと思う」

「ホント!?　それ、最高じゃん！」

「いいって言われるかダメって言われるか、エリカちゃんのお母さんがどんな反応するか分からないけど、なんとか説得してみるよ」

「勝手にうちに泊めちゃダメなのか？」

「勝手に娘を連れてったとか、後で問題にされても困るしなぁ。それに一回ぐらいは家に帰る必要があるだろ。エリカちゃんだって、持って来たいものとかあるだろうし。着替えとか、夏休みの宿題とかさ」

なぜか、夏休みの宿題と言った瞬間、二人の顔が強張《こわば》った気がする。だが、まぁいい。

今は見なかったことにしてあげよう。

「あのさ……私も、一緒に行っちゃダメか？」

マナが恐る恐る俺に聞いた。

「兄貴の不利にならないように、ちゃんと黙ってるから。ただ、エリカと一緒にいたい」

マナのエリカちゃんを心配する気持ちを理解した俺は、エリカちゃんに聞いた。

「どうする？　マナも一緒に来ていいか？」

「うん。いいよ。……マナも一緒にいてくれたら嬉《うれ》しい」

はにかんだ顔で、エリカちゃんがマナを見る。

小さく笑いあう二人の姿は和やかだ。

俺たちはそれから一気にサンドイッチを平らげ、お茶をゴクゴク飲んだ。

腹ごしらえが済むと、腹の底から気力が湧いてくる。

「ご馳走《ちそう》さまでした」と手を合わせると、俺は立ち上がった。

「じゃ、行くか。ボス戦」

俺の言葉を聞いて、エリカちゃんとマナが頷《うなず》く。

気合い充分。

時刻は午後三時半。まだまだ今日は終わらない。

マナと同じ中学校だったエリカちゃんの家は、同じ市内にある。小学校は違ったが、わりと近くだ。

俺たち三人は、再び炎天下を歩く。

こんな時に車があれば、俺たちはきっとガンガンに冷房をかけた車で出動できたはずだ。車も免許も持っていない身なのが悔やまれる。今後、運転免許取得も検討した方が良いかもしれない。

焼け焦がされそうな頭でそんなことを考えていた。

あまりに暑くて、俺たちは終始ほぼ無言だった。たまにエリカちゃんが家の方角を教えるだけ。喋《しゃべ》る気になれない。いや、喋らないほうが体力の温存になるし、喉の渇きも抑えられるからいいのか。

やがてエリカちゃんの道案内で着いた場所にあったのは、小さなアパート。壁が薄汚れていて、あちこちが欠けている。とてもじゃないが、管理が行き届いているとは言えない。隣接されたゴミ捨て場にはゴミの日でもないのにゴミが散乱していて、住民の民度の低さが窺《うかが》われた。

俺たちはそれぞれ、手持ちのタオルで汗を拭きながら部屋に向かう。

そして、エリカちゃんが指差したドアの横にある呼び鈴を、俺が押した。

ひび割れたチャイムの音が鳴る。

……………しかし、誰も出ない。

「いないのかな？」

俺はこそっとエリカちゃんに聞いた。

「いや、絶対にいると思う。面倒くさくて、居留守使ってるだけだよ」

「そっか。じゃあ、仕方ないか……」

やむを得ず呼び鈴を連打する。すると、押し続けて一分くらい経《た》って、ようやくドアが開いた。

「なぁんなの？」

ドアが開くと、部屋の中から甘ったるいドロッとした、なんとも筆舌に尽くしがたい香りが漂ってきた。

ドアを開けたのは、茶髪の目つきが悪い女性。黒いキャミソールワンピースを着て、紫色のショールを羽織っている。胸元が大きく開いているから、目のやり場に困った。

頑張って首から上しか見ないように意識する。

「エリカちゃんのお母さんですか？」

俺がそう言うと、すぐ「あの子、何かしたんですか？」と聞かれた。しかも、面倒くさそうに。

取《と》り敢《あ》えず、エリカちゃんのお母さんで間違いないようだ。

「いえ、エリカちゃんは何もしてないんですが……。あ、その前に、俺は上条《かみじょう》ツカサと言います。俺の妹が、エリカちゃんの友達で……」

俺が話しているのに、エリカちゃんのお母さんは自分の爪を見ている。そして、ふと俺の後ろにいるエリカちゃんに気づくと、「あっ」と声を上げた。

「なーんだ。そこにいんじゃない。本人が。なのに何？　あんたは何の用なの？　てか、あんた誰？」

――だから、今それを説明中だったんですけどぉ!?

心の中で渾身《こんしん》の叫びを上げ、顔には微笑《ほほえ》みをキープ。大丈夫。このくらいは想定内だ。

「えっと、エリカちゃんの隣にいるのが俺の妹です。妹がエリカちゃんの友達なんです。それで今日は、エリカちゃんを夏休みの間うちに泊めたいと思ってお話に……」

「泊める？　良いんじゃない？　勝手にすれば？」

俺が話している途中で、あっさり返事が来た。

自分の髪を弄《いじ》りながら、エリカちゃんのお母さんはスマホを弄り始める。さっきから、俺と目を合わせようとしない。

「……随分あっさりしてるんですね」

「だってその子に興味ないし。どこに泊まろうが私には関係ないわよ。いちいち確認取りにくるとか、あんたバカなの？」

俺の鉄の微笑みに、亀裂が入りそうになった。

危ない危ない……。同じ土俵に立っちゃいけない。俺はあくまでも冷静に、話し合いをする必要がある。

その時、部屋の奥からガラの悪い男が歩いてきた。

「どうした？」

「あぁ、エリカの友達の兄らしいわ。エリカを家に泊めるって」

「へー？　それだけの用件でわざわざ来たのか？　律儀《りちぎ》なお兄ちゃんだねー」

男が俺を見て笑い、次にエリカちゃんを見て笑った。

「俺にぬいぐるみ捨てられたから家出なんて、意外と可愛《かわい》い性格してんだな」

こいつが、エリカちゃんの大事にしていたペンギンのぬいぐるみを捨てた犯人か。

エリカちゃんのお母さんの恋人に何か言いに来たつもりはなかったが、何も言わずには帰れなくなった。

「……どうして捨てたんですか？」

俺は男に聞いた。

「あ？　別に理由なんてねーよ。目の前にあって、要らないから捨てた。ゴミみたいなもんだろ。あんなの」

嘲笑《あざわら》う男。品のない笑い方だ。

俺がちらっとエリカちゃんを見ると、エリカちゃんは親の仇《かたき》でも見るような目で、男を睨《にら》みつけていた。

「同じ家に住んでいたのなら、エリカちゃんがそのぬいぐるみを大事にしていたことくらい、見ていたのでは？」

俺も腹が立っていた。冷静に対応したい俺の理性と、怒りをぶちまけたい本能がぶつかり、表情が無になる。

挨拶しているのに態度が悪い母親。本人のいる前で繰り返される、ひどい発言。オマケに恋人までドクズ。

我慢しようと思っていても、沸々と怒りが湧いてくる。

「あなたたちは……エリカちゃんのこと、何も分かってないんですね。エリカちゃんが今、何を大事にしているのかも、将来どうしたいのかも、そのために何を頑張っているのかも知らないんでしょう……」

「将来？」

　俺の言葉を聞いて、エリカちゃんお母さんが首を傾《かし》げた。

「その子の将来は決まってるわ。高校卒業したら夜の商売でもさせて、これまで育ててきたお金を返してもらうんだ」

「はい？」

「何よその顔は？　だってこんな何も出来ない子じゃ、それくらいしか使い道がないでしょ？」

　仏の顔も三度まで。あの仏ですら四度目はキレるんだから、俺だってキレていいはずだ。

　俺は怒鳴ってやろうとしたが、その時、エリカちゃんが俺にギュッと抱きついてきた。

「私は普通に働いて、おにーさんと結婚するんだよ‼　あんたみたいには絶対にならない‼　あんたの思い通りにも絶対にならないからな‼」

　俺に抱きついたまま、お母さんに怒鳴るエリカちゃん。

　エリカちゃんのお母さんとその恋人は一瞬ポカンとして、すぐ面倒くさそうに溜《た》め息《いき》をついた。

　エリカちゃんのお母さんが、エリカちゃんを見て鼻で笑う。

「なるほど？　その男にたぶらかされたってわけか」

「違うってんだよ！　おにーさんはそんな男じゃない‼　男見る目がないあんたと一緒にすんな！」

「あーもう良《い》いわよ。私、そろそろ仕事行く準備しなきゃいけないの。泊めるでも結婚するでも勝手にして」

誰が何を言っても、エリカちゃんのお母さんはこんな感じなんだろう。

──だが、もういい。ここまですれば、義理立ては充分か。

俺はマナに目配せする。すると察しの良いマナは、すぐにエリカちゃんの手を取って言った。

「ほら、エリカ。着替えとか取りに行こう」

「あ、うん……」

マナとエリカちゃんが部屋に上がって荷物をまとめ始める。その様子を、エリカちゃんのお母さんとその恋人がじっと見ていた。俺も開いている玄関のドアから様子を見守る。

そして五分もかからないうちに、エリカちゃんとマナがビニール袋を両手に持って部屋から出てきた。ビニール袋から、乱雑に詰め込まれたエリカちゃんの私物が覗《のぞ》いている。

「兄貴。行こう。私、一刻も早くここを離れたい」

マナが言った。

「俺も同じ気分だよ。行こうか」

俺が言うと、マナとエリカちゃんが頷《うなず》いた。

帰り際《ぎわ》にふと振り向くと、玄関のドアは既に閉まっていた。

――エリカちゃんはいつも、あの小さな部屋でひとりで戦ってたんだな。

あの部屋にしばらくエリカちゃんを返さずに済む。そう思うと大きな達成感があった。

夏は日が長く、午後四時を過ぎても日射《ひざ》しが和らぐことはない。

勝手に体から噴き出していく水分を、通りすがりの自販機のスポーツ飲料水で補いながら、俺たちはゆっくりと帰路を辿《たど》っていた。

エリカちゃんのお母さんと対峙《たいじ》した緊張が解けてくると、次第に後悔が押し寄せる。あの時は必死だったが、冷静になると他に何か出来たんじゃないかって思い始めた。

あの二人にもっと何か言ってやれば良かった。エリカちゃんを大事にしなかったこと、あの二人が後悔するくらいに……。

エリカちゃんを無事に預かれるだけで、目標は達成している。しかし、なんか面白くない気分だった。汗で体がベタつくせいで余計に不快感が募る。

ところがエリカちゃんの声は元気で明るい。

「あースッキリした！　二人とも、ありがとうなー！　私のために言ってくれるおにーさん、格好良かったぞ！　なぁなぁお母さんの言葉、聞いたか？　『泊《と》まるでも結婚するでも勝手にして』だって！　結婚の許可もらっちゃったんだけど！」

晴れ晴れとした顔のエリカちゃん。そんなエリカちゃんを見たら、さっき感じていた後悔がスッと消えいく。

――エリカちゃんが嬉《うれ》しそうなら……いいか。

肩の力が抜けた。自然と頬が緩む。

その時、マナが楽しそうに俺を肘で突いてきた。

「おいおい兄貴ー。そろそろエリカと付き合ったらどうなんだ？　いい加減気持ちに応えてやれよ」

「え？　あれ？　そういえばマナって、エリカちゃんが俺を好きってこと知ってた……？」

「知ってたよ」

「いつから⁉」

慌てた。エリカちゃんに告白されたことも、猛アプローチされていることも、他の誰にも話していなかったはずなのに……。

するとマナは平然と答える。

「え？　いつからって……エリカが兄貴と色んな勉強始めたあたり？」

「けっこう前だな！」

どうりでエリカちゃんがお母さんに『おにーさんと結婚するんだよ！』と言った時に、ノーリアクションなわけである。

俺が驚くと、マナが呆《あき》れた声で言った。

「知ってたから、あの家が兄貴とエリカだけになるように、気を使ってたんだぞ？」

「え？　最近エリカちゃんしか家に来ないと思ってたら、そういうことだったのか⁉　ん？　それってもしかして、ルナちゃんもアリサちゃんも知ってるってこと？」

「そんなの、当たり前だろ？」

「マジかよ⁉　嘘《うそ》⁉　全然気づいてなかったんだけど⁉」

楽しそうにケラケラ笑うマナとエリカちゃん。

そして、からかうようにマナが俺に言う。

「なぁ兄貴。兄貴がエリカをあの家から解放してやってくれよ。兄貴もエリカが大事なんだし、付き合って結婚すればいいだろ？　それともまだエリカを妹としてしか見られないって言うのか？　本当に意識してないのか？」
軽い調子で投げかけられた言葉だが、俺の心に重くのしかかった。
――俺にとって、エリカちゃんは……。
公園の土管で泣いていたエリカちゃんを見た時の感情がよみがえる。
妹みたいなもの。と、即答出来なかった。

15話

エリカちゃんのお母さんと話をして、エリカちゃんをうちに連れて帰って来た日の夜。

俺はなかなか眠れなくて、ベッドの上でひたすらゴロゴロしていた。

時計を見ると、深夜の一時になるところだった。

隣の部屋から漏れ聞こえてきた楽しそうな笑い声も、もう聞こえてこない。きっと疲れて、ぐっすり眠っていることだろう。恐らくもうこの家で起きているのは、俺だけだ。

俺が事情を説明すると、うちの両親はにこやかにエリカちゃんを歓迎してくれた。隣のマナの部屋には、今夜からエリカちゃんが泊まる。

これで何も心配せず、エリカちゃんをうちに泊めてやれる。

安堵《あんど》した。でも、なぜか心が落ち着かない。

俺はずっと、エリカちゃんのことを考えていた。

――エリカちゃんのお母さん、想像以上だったな……。

必要最低限のマナーすら身についていないエリカちゃん。きっと親もそういうことに疎《うと》いのだろうと、想像はしていた。

しかし、思ったよりずっと酷《ひど》い親で、正直本当に腹が立った……。

俺が色んなことを教えてあげると、エリカちゃんは本当に一生懸命それを吸収しようとする。根は真面目で良い子なのだ。なのに……どうしてエリカちゃんが、こんな酷い目に遭わなければいけないのだろうか。

――夏休みの間は、うちに泊めてあげられる。でも、ずっとそうしているわけにもいかないよな……。

俺の中に湧き上がる、エリカちゃんを守ってあげたいという気持ち。

エリカちゃんを笑顔にしたい。エリカちゃんを幸せにしたい。エリカちゃんが今まであった嫌なことを全部忘れるくらい、楽しく生きてほしい。

俺が……その力になりたい。

――まだエリカを妹としてしか見られないって言うのか？　本当に意識してないのか？

帰宅途中マナに言われた言葉が、俺の中で何度もリフレインする。俺も自分自身に、何度も同じことを問いかけていた。

ペンギンのぬいぐるみを捨てられて泣いていたエリカちゃんを見た時、俺はエリカちゃんを愛《いと》おしいと思った。

初めて俺と水族館に行った日の思い出ごと、ぬいぐるみを大事にしてくれていたんだろう。何より大事にされていたのは、きっと俺への気持ちだった。

抱きしめたいと感じた。あれは、妹を慰めたい兄心じゃなかった。

――妹の友達だからとか、高校生だからとか関係ない。俺、エリカちゃんが好きなんだ。

誰かにこんなにまっすぐ愛されるなんて、初めてだった。そして――こんなに誰かを愛したいと思うのも初めてだった。

今まで異性として意識していなかっただけに、これからどうすればいいのか戸惑う。

明日エリカちゃんに会ったらどうしよう。何を話そう。どうやって……気持ちを伝えよう。

考えても、いい答えはすんなり出てこない。

俺の長い夜は、まだまだ続きそうだった。

ふと、朝だと気づいた時、時計は朝の七時を指していた。

カーテンの隙間から、既にギラギラした太陽の光が射《さ》し込んできている。今日も暑くなりそうだ。

俺は起き上がって、ベッドから降りた。

いつの間にか寝たようだが、いつ寝たのか全く記憶にない。眠れない眠れないとのた打ち回っている内に、俺のスタミナがゼロになって寝ていたのだろう。

寝不足のせいで、足元がちょっとふわっとする。変な感じだ。

顔を洗って歯磨きをしようと思い、洗面所に向かった。エリカちゃんとマナはまだ寝ているのか。隣の部屋は静かだ。両親はもう仕事に行っている時間だから、家にいないだろう……。

そう考えながら、俺は洗面所のドアを開けた。

「――あっ！」

ドアを開けてそのまま中に入ろうとした時、女の子の声が聞こえた。

「え？」

俺は寝不足で、頭の半分が寝ている状態だった。ボーッとしていて、視界もいつもよりぼんやりしていて。

気が付かなかった。ドアの向こうに人がいたなんて……。

俺は思考停止状態になり、体の動きも止まった。そのせいで、中にいた人物から目が離せなくなる。

すらりと長い脚。白く滑らかな肌。きゅっと引き締まったお腹《なか》。湿った金色の髪。何より……柔らかそうな胸元に目が吸い寄せられる。

紺色の下着姿で、髪をタオルで拭いている体勢のまま、エリカちゃんも固まっている。

大きな目を見開いて、唇が震えている。朱色に染まった頬が、なんだか余計に色っぽさを醸《かも》し出していた。

「お、おにーさん……？」

戸惑いがちに呼びかけられて、ハッと我に返る。

「ご、ごめん！　すぐ出る！　――あだっ‼」

慌てて出ようとしたら、既に閉まっていたドアに激突した。額を強打して、視界に火花が散る。

「――――つぅ！」

「おにーさん⁉　大丈夫か⁉」

声も出ないくらい痛くて、本当に涙が出た。

激痛のあまり、額を押さえてその場にしゃがみ込むと、エリカちゃんが俺を心配して側《そば》に来る気配がした。

「おにーさん！　ほら！　傷見せて！」

エリカちゃんが俺の手を引き剝がす。

「え？」

俺がしゃがみ込んだ姿勢のままちょっと顔をあげると、床に膝をついて前かがみになったエリカちゃんが、至近距離で俺の額を観察し始めた。

「……うん。赤くなってるけど、まだ腫れてはいないかな……。なんかすごい音したけど、割れなくて良かった……」

エリカちゃんが俺の額をしげしげと観察することにより、俺の視界いっぱいにエリカちゃんの胸が迫っていた。特等席にも程がある。なんと破壊力のある絶景。

全身の血液が、かつてない速さで巡り始め、限界点を突破する。

鼻の奥がガツンと痛んだと思ったら、熱いものが鼻から流れて来た。

「あ……」

「え⁉　鼻血⁉　そんなに打ちどころが悪かったか⁉　救急車⁉」

「いや、あの、大丈夫！　大丈夫だから……取《と》り敢《あ》えず、服を着てほしい‼」

目を瞑《つぶ》って、鼻を押さえて、俺は渾身《こんしん》の力で訴えた。

「あ……ごめん」

ようやく状況を理解してくれたエリカちゃんが、ちょっと恥ずかしそうに謝った。

「なーんで兄貴が鼻血出して倒れてんのー？」

俺を見て、欠伸《あくび》をするマナ。

俺が自分のベッドに座って安静にしていると、ようやくマナがのんびり起きてきた。俺の隣にはエリカちゃんが座っている。

「人間という生き物は、身体《からだ》の疲れや寝不足というストレスによって、鼻の内部の血管が破れやすくなる生き物であり……」

鼻にティッシュを詰め、少しうつむいた状態で小鼻を摘《つま》みながら、俺はブツブツと説明する。

するとエリカちゃんが、俺がはぐらかそうとしていた事実をあっさりと暴露した。

「朝、私がシャワー浴びて着替えてたら、おにーさんがうっかり入ってきちゃって。慌ててドアに激突したんだよ」

「へー？」

マナが笑う。でも目が笑ってない。『朝から何やってたの？』と言いたげな顔だった。

「寝不足で、確認不足だったんです。悪気はありませんでした」

俺が釈明すると、マナがニヤッと笑った。

「まぁ……良《い》いんじゃない？　責任取って付き合って、結婚してあげればさぁ」

「おぉ！　マナ！　賢いな！　その手があったか！」

エリカちゃんが『なるほど』とばかりに手を叩《たた》く。

「あのですね……鼻血を止めるのには、まず落ち着くことが大事なんですね。下手に血圧が上がると、鼻血は止まりにくいんですよ……今は、落ち着かせてください……」

お願いだから、今はそっとしておいてほしかった。

鼻血を出したのは、人生初だ。しかもその原因が、女性の胸部をガン見したからだなんて……恥ずかしすぎる。

俺が打ちひしがれていることを察したのかいないのか、マナが欠伸をしながらドアに向かう。

「まぁいいや。取り敢えず、私は朝ごはん食べてくるからなー」

マナが部屋を出る。それだけで、ちょっとホッとした。

ようやく室内が静かになる。

「寝てなくていいのか？」

エリカちゃんに心配そうに聞かれた。

俺は、小鼻を摘んで少しうつむいた体勢のまま答える。

「止血の基本は、患部を心臓より高い位置に置くことなんだ。寝ちゃうと、鼻と心臓の高さが同じになっちゃうだろ？」

「そっか。座ってたら、心臓より上に鼻があるから血が止まりやすいのか」

エリカちゃんが、ふむふむと頷《うなず》く。

「おにーさんってすっごく色んなこと知ってるけど、なんでそんなに色んなこと知ってるんだ？　どうやって勉強したんだ？」

エリカちゃんが不思議そうに聞いてきた。エリカちゃんに何か質問されることなんて、何度もあったはずなのに、今日の俺は変だ。小首を傾《かし》げて聞いてくるエリカちゃんが、いつもより可愛《かわい》く見えて仕方ない。

——これも、寝不足のせい……じゃないよな。

俺は、やっぱりエリカちゃんを意識し始めていた。妹としてとかじゃなくて、一人の異性として。

恋をすると、こんなにいきなり見える世界が変わるものなのか。

脳内が恋愛仕様になったらしく、エリカちゃんの言動がすごく気になる。こんなの、高校生の時に同じ委員会の先輩に一目惚《ひとめぼ》れした時以来の感覚だ。

「……知らないことを知るのは、楽しいと思うから。本をたくさん読んだよ。それから、ネットでも色んな記事を読んだ。一生役に立たないようなこともあるし、すごく有益だと思った情報が後で誤情報と分かることもある。それでも、いつか自分の役に立ったり、誰かの役に立ったりするから、もっとたくさんのことを知りたいと思って色んなことを調べてるよ」

俺だってまだまだだ。もっと勉強しなきゃいけない。大事な人をちゃんと守れる男になるために。

俺は質問に答えながら、自分を戒めていた。

そしてふと横を見ると、エリカちゃんが長い脚をぶらつかせながら、こちらを見て穏やかに微笑《ほほえ》んでいた。

「おにーさんの知識は本当に役に立つからな。私は、おにーさんのそういう真面目なところに助けられてばっかりだよ。ありがとう……」

ふふっと笑って、エリカちゃんが続ける。

「おにーさんが言ってくれなかったら、私、多分今も『ありがとう』って言えてない。箸の持ち方も適当なままだったし、靴を揃《そろ》えるってことも知らなかった。料理も掃除も洗濯も、よく分からないからって適当なままだった」

「そんな頃もあったっけな……」

まだ数ヶ月前のことだけど、懐《なつ》かしく感じた。

「私……ちゃんと変わってきたかな？」

普通になりたいと言ったエリカちゃんを、俺は今でも鮮明に覚えている。

「うん……すごく、変わってきたよ」

俺がそう言うと、エリカちゃんは幸せそうに微笑んだ。

自分の目標に近づけること。それを見てくれる人がいること、応援してくれること。共に喜びを分かち合えること……。人の成長に必要な要素って、大体こういうものじゃないだろうか。

そして、応援している誰かが良い方に変化していく姿は、応援している人自身も変化させることがある。

眩《まぶ》しい姿に後押しされて、俺もそろそろ前に進む時が来たと感じていた。

16話

八月の中旬になった。

相変わらず、全てを焦がしそうなほど強い日光を浴びせられる日々。もはや冷房設備がなければ生きていけない世界だ。

毎日のようにテレビで流れる最高気温の更新情報。そして、熱中症警報。こんなんじゃ、ひたすら冷房の利《き》いた家にいたくなる。

だが、暑いからって家にじっとしてばかりじゃ気が滅入《めい》る。そんな時は気分転換も大切だ。

今日の俺はマナとエリカちゃん、それからルナちゃんとアリサちゃんを連れて、水族館にやって来た。

「わー！　魚だー！　あっちも魚！　こっちも魚だー！」

水族館に入るやいなや、水槽にへばりついて大声を上げるルナちゃん。

小さい子供ならば微笑ましいかもしれないが、女子高生がやっていると、見ててちょっと恥ずかしい。

それは同学年のアリサちゃんも同じだったらしく、ルナちゃんの襟首を摑《つか》んで、水槽から引き剝がした。

「手垢《てあか》を付けるな！　って、口も付いてんじゃん‼　バカなの⁉　水槽とキスしてどうすんの⁉」

「冷たくて気持ちよかった」

「アホ。どうすんの？　既にここに口つけてた変なオッサンがいたら」

「ぐえ‼　変なこと言うなよ‼」

ゴシゴシと袖で口を拭くルナちゃんを見て、マナが笑っている。

「あはは。はしゃぎ過ぎだって」

そう言うマナだって、いつもよりずっと早起きして出発の準備をしていた。まるで遠足の日の朝みたいに。

楽しそうな四人を見て満足していると、アリサちゃんがニヤニヤしながら近づいてきた。

「しかし、マナの兄さんもやるねー。まさか、女子高生四人に囲まれて水族館に行きたいなんて……もう両手に花どころじゃないなぁ。ハーレムかよ」

俺は呆《あき》れた顔でアリサちゃんに言う。

「どこがハーレムだ？　遠足の引率している先生の気分だよ」

女子高生四人の中にポツンと男子大学生が混じっている図は、傍《はた》から見ればどう映るだろうか。正直ちょっと気恥ずかしいんだが。

するとマナが拍手しながら俺に言った。

「ってことは、教員志望だった兄貴の夢が叶《かな》ったってことだな！　おめでとー！　これで思い残すことはないな！」

続けて、ルナちゃんとアリサちゃんまで「おめでとー」と言って拍手するものだから、通行人がジロジロと俺を見てきた。

「こんなことで俺の夢が叶ったことにしないでくれ‼」

まず俺は、遠足の引率がしたくて教師を目指しているわけじゃない。しかも、なんで俺の人生が完結した空気まで出しているのか。

いつでもどこでも俺をからかうヤンキー娘たち。その奔放さに辟易《へきえき》していると、エリカちゃんが俺の腕をツンツンと指で突っついてきた。

「ねーねーおにーさん。私……ちょっと行ってきていい？」

モジモジしながら、階段の方を指差す。階段の下にトイレが見えた。

「あ、トイレ？　いいよ、行ってきたら？」

「ち、違うって‼」

顔を真っ赤にして怒られた。

「ペンギン！　ペンギンを見たいの‼」

「あぁ！　ペンギンね！　悪い！」

「一刻も早く会いたいから、順路は無視する！　私は行くから！」

推しに会いに来たファンかよってくらい、エリカちゃんはペンギンのことしか頭にないようだった。

自分で行くと決めたら早い。エリカちゃんは俺たちの返事も聞かずに階段に向かった。

階段には『ペンギンコーナーはこちら』という看板がある。

一人で行ってしまうエリカちゃんを目で追っていると、誰かにバシッと背中を叩かれた。

驚いて振り向く。犯人はマナだった。

「一緒に行ったら？　私たちは順番に見てくからさ」

「あ……了解」

マナに後押しされて、俺も階段に向かった。階段を上りながらちらっと振り返ると、三人が魚を指差してキャッキャしているのが見えた。

――ま、いっか。別行動でも。

せっかく四人をまとめて連れてきたし、みんなで仲良く思い出作りをすると思っていたが……みんな、いつも通り自由気ままだ。

四人のヤンキー娘たちの中で、最も常識人なのはうちの妹。マナがいれば、他のお客さんにひどく迷惑をかけることも、問題を起こすこともないだろう。もし何かあったらすぐ連絡がくるだろうし。

俺はルナちゃんとアリサちゃんのことはマナに任せて、エリカちゃんが向かったペンギンコーナーを目指した。


ペンギンコーナーに行くと、小さな子供連れの家族に混じって、エリカちゃんが大きなペンギンの水槽を眺めている。

水槽をぐるっと囲う柵を握って、食い入るようにペンギンを見つめていて……その姿は、写真に収めたいくらい絵になっていた。

屋内のペンギンコーナーでは、泳いでいるペンギンの姿がよく見える。きっと水槽の隣の階段を上って屋外に出れば、六月にこの水族館に来た時のように、陸に上がったペンギンが見られるはずだ。

俺は人込みを縫うように進み、水槽のすぐ前にいるエリカちゃんの隣に潜り込んで声をかけた。

「今日は、上に行かないの？」

エリカちゃんがペンギンから目を離さずに答える。

「一回行ってみたけど、暑すぎて無理。ペンギンに集中出来ない」

ペンギンを眺めることに全神経を傾けたい。そんな意気込みが伝わる返答だった。

確かに外は炎天下。ここは冷房が利いているし、水槽を泳ぐペンギンの姿は視覚的にも涼しい。

――相変わらずペンギンに夢中だな。こりゃ、話しかけると邪魔になるかも。

エリカちゃんの邪魔をしないように、俺も黙って泳ぐペンギンを眺める。

陸の上じゃヨチヨチ歩いているくせに、水に入った途端、ジェットモードで泳ぐペンギン。愛らしい姿と格好いい姿のギャップが、大人にも子供にも愛される理由なんじゃないかと推測する。……って、俺はペンギンを眺めながら何を考えているのか。

エリカちゃんはペンギンを見ながら何を考えているのだろうか。

気になって、横目でちらっとエリカちゃんを観察する。

エリカちゃんの目は真剣だ。俺が来てからもう十分経《た》とうとしているが、ペンギンから一瞬も目を離さない。

周りのお客さんは、ペンギンを見ては数分で去っていく。いつまでもここにいるのは、俺とエリカちゃんだけ。

　エリカちゃんの真《ま》っ直《す》ぐな目が、ペンギンを追って揺れるように動く。俺はいつの間にか、ペンギンじゃなくてエリカちゃんの綺麗《きれい》な横顔を眺めていた。

「おにーさん……」

　ドキッとした。見ているのを咎《とが》められるのか思った。

　しかし、エリカちゃんはペンギンから目を離さないでこう続けた。

「また会えて、嬉《うれ》しいね……」

　愛《いと》おしそうにペンギンに微笑《ほほえ》みかける。その微笑みは、隣にいる俺まで幸せな気持ちにしてくれた。

「本当に好きなんだね」

「うん。好きだよ」

　エリカちゃんが目を細めた。

「ねぇ、おにーさん。ペンギンって触ると温かいの？　冷たいの？」

「うーん……鳥類だからな。基本は温かいかな。ただ、こんな暑い日に泳ぎたてのペンギンを抱っこしたら、冷たくて気持ちいいだろうけど」

「ちょうるい？」

「鳥の仲間って意味だよ」

「ペンギンって、鳥なのか」

「おう……まずはそこからだったか……」

エリカちゃんらしいと思いつつ、ちょっと不安になった。じゃあ何類だと思ってたのか、聞きたいような聞きたくないような……。さすがに水族館にいるのは全部魚だとは思っていませんように……。

「お土産屋さんに、ペンギンの図鑑があったよな」

ふと、エリカちゃんが言った。

「図鑑？　そうだな……前回来た時に、見た気がするけど？」

「今日は、へソクリ持ってきたんだ。それ……買おうかな。自分が好きだと思うものについて、ちゃんと知りたいんだ……」

ちょっと恥ずかしそうなエリカちゃんを見ていたら、胸のあたりがそわそわした。湧き上がってくる衝動が抑えきれず、俺はエリカちゃんの頭をポンポンと撫《な》でた。

「ペンギンのことになると一生懸命なエリカちゃん、可愛《かわい》いな」

こんな人目のあるところで頭を撫でながら、俺は何を言っているのか。けど、撫でたい気持ちも言いたい気持ちも我慢出来なかった。

外の気温が上がって館内の冷房が利かなくなったのか。そう思うくらい、体が熱い。

しかしそれは、俺だけじゃなかったようだ。

——少しうつむいたエリカちゃんも、耳まで真っ赤になっていた。

俺は心を決めた。

今、伝えよう。俺の気持ちを。

エリカちゃんの頭から手を下ろすと、水槽を囲う柵を握っているエリカちゃん手の上に重ねる。エリカちゃんの手がピクッと動いたが、そのままぎゅっと握った。

二人の体温は、どちらも負けないくらい熱い。

「——エリカちゃん。俺と、お付き合いしてくれませんか？」

「え……？」

俺の言葉を聞いて、エリカちゃんがハッと顔を上げる。大きな目が、俺をまっすぐ見据えた。

「俺、エリカちゃんが好きです」

俺も、エリカちゃんの目をしっかり見て、伝える。

エリカちゃんの目が数回瞬《またた》いた。

薄紅色の唇で問いかけられる。

「その好きは、妹みたいな存在としてじゃなかったのか？」

「うん。ずっと妹みたいな存在として好きだったよ。初めて会ったのは中学生の時だったし、妹を助けてくれた妹の友達ってイメージが強かったから」

大事にしたい存在だった。大事にしてきたつもりだった。

「だから、エリカちゃんに好きって言われた時、とても戸惑ったんだ。エリカちゃんが俺に抱いていた好きの種類と、俺がエリカちゃんに抱いていた好きの種類が違ったから。それに……あんな風に誰かにまっすぐ好きって伝えられたのは、初めてだったからさ」

いきなりで、混乱した。どういう風に大事にすればいいのか分からなくなった。どうやって大事にするべきなのか、悩んだ。

「エリカちゃんに初めてキスされた時、実はかなりエリカちゃんを意識してしまったんだ。でも、妹みたいな存在だったから、異性として意識しないように必死で自分を誤魔化した。今さら異性として見るのが怖くて、頑固になっていたかもしれない」

「……おにーさん、頑固だもんな」

エリカちゃんが、ふふっと笑う。

「うん。頑固で、融通が利《き》かない人間でごめん。でも、いつからかエリカちゃんを妹みたいな存在だって誤魔化せなくなった。異性として好きだと、認めざるをえなくなった」

「おにーさんが私を妹としてじゃなく好きになったのは、いつからなんだ？」

自分の気持ちを誤魔化さず素直になれていたら、俺が最初にエリカちゃんを一人の女性として好きになったのは、いつだったのだろうか。もうそれは、思い返しても分からない。

でも、これだけは確かに覚えている。絶対に忘れられない。あの日のことは……。

「この前エリカちゃんのお母さんに会った日に、考え方がハッキリと変わったんだ……」

「……どんな風に？」

先を急《せ》かされる。

俺の言葉を待っている。

ここまで来て、俺の心には迷いなんてなかった。

「大事にしていたぬいぐるみを捨てられて、俺に謝って泣いているエリカちゃんを見た時に、エリカちゃんの気持ちが胸に染《し》みた。すごく愛しくて、エリカちゃんの想《おも》いにちゃんと応えたいと思った」

あの涙が、俺の心にあった枷《かせ》を壊した。

恋愛対象として見てはならぬと、閉じ込めていた俺の本当の気持ち。今まで妹みたいなものだからって誤魔化してた想いを、抑えきれなくなった。

「俺は一人の男として、エリカちゃんを守りたい。大事にしたい。支えたい。色んな気持ちが浮かぶ。俺、誰かをこんなにも好きになったの、初めてなんだ。きっとぎこちないし、いつも手探りでもどかしく思うかもしれないけど……」

心の底から誠意を込めて。言葉を紡《つむ》ぐ。

「エリカちゃんのそばにいたい。だから……付き合ってくれませんか？」

ペンギンが行き交う水槽の前で、俺たちは長らく見つめ合っていた。

エリカちゃんはしばらく何も言わず、俺を見たまま眉尻を下げて微笑んでいた。

そしてようやく……一つ、大きく頷《うなず》いた。

「はい……お願いします……」

待っていた返事が聞けて、俺はホッと息をついた。

今日からもう、俺はエリカちゃんの彼氏。

もう、自分の気持ちに嘘《うそ》をつかない。彼女が好きだと、ちゃんと伝える。

好きという気持ちに、迷わない。

すると、エリカちゃんがえへへと笑った。

「すごく嬉しい……こんな嬉しいの、人生で一番かも」

俺も、こんなに嬉しそうなエリカちゃんの顔を見るのは初めてかもしれないと思った。

顔が自然とニヤける。

付き合うって、こんなに幸せな気持ちになるのか。相思相愛って状態がもたらす高揚感はハンパない。

エリカちゃんもウキウキしているようだ。

「ふふふっ。じゃあこれで今まで遠慮していたあーんなこともこーんなことも出来るってことだな」

――あーんなこともこーんなことも？

なんか嫌な予感。そうだ。ちゃんと言っておかなければいけないことがあった
「あの……エリカちゃん。俺、エリカちゃんが高校を卒業するまでは、健全な付き合いをするつもりだから。これは譲れないから、よろしく！」

「はあああ？　何だよそれ！　どういう意味⁉」

「だから……高校生のうちには、規制がかかりそうな行為はしません」

公共の場なので、小さい声で告げる。しかし、すぐに大きな声で返される。

「付き合ってるのに⁉　お互いに好きなのに⁉」

「うん。これはエリカちゃんのためでもあるから」

「えぇ……なんか思ってたのと違う……」

この子は付き合った途端に何をする気だったのか。ちょっと怖いから聞かないでおこう

……。

不服そうなエリカちゃんを見て、俺は困った顔で聞く。

「じゃあ……やっぱり交際開始するのは高校卒業してからにする?」

「それはイヤだ！　分かったよ！　健全な付き合いでもいいよ！」

必死な感じで言うから、可愛かった。

思わず小さく笑ってしまう。

あぁ、カレカノってこんなに良《い》いものなのか。

もうずっとエリカちゃんを見ていたい気持ちになる。

でも、ふと時計を見て現実に引き戻される。

思わず「え?」と口から出るくらい時間が過ぎていた。

「ここに来てからもう一時間以上経《た》ってる！　マナたちどうしたかな?　ここ、通りかかってないよな?」

「順路無視して、さっさとお土産屋さんに行ってるんじゃないか?」

「そっか。確かに……あいつら、真面目に魚の観察なんかしなそうだもんな……」

むしろ、土産屋が一番楽しいと思っていそうだ。

俺はエリカちゃんの華奢《きゃしゃ》な手を握ったまま、柵を離れた。

「俺たちもお土産屋さんに行って、ペンギンのぬいぐるみ、選ぼうか？」

「うん……選ぶ」

幸せそうな笑顔。

鼓動がさらに速まる。

お互いの緊張と興奮のせいで、手の重なった場所が湿っている。その感触は、公園にいたエリカちゃんを連れて帰った日のことを思い出させた。

エリカちゃんの手を握って歩くのは二回目。でも、今回は前回とは違う。

互いの手の平をピッタリ合わせて、お互いの指の間に指を絡《から》める。こういう繋《つな》ぎ方を……恋人繋ぎというって聞いた気がする。

しっかり繋がれた手が、お互いの気持ちを伝えあっているようだった。

これから先も、ずっとこうしていられますようにと……。

17話

俺とエリカちゃんが水族館の土産屋に向かうと、マナたちを発見した。チンアナゴのぬいぐるみを振り回して大笑いしている。

「こら！　騒ぐんじゃない！」

俺は到着早々、三人のヤンキー娘たちを注意した。

俺の声を聞いて、チンアナゴのぬいぐるみたちがピタッと動きを止める。

そして、俺とエリカちゃんの手元に向かって一斉に近寄ってきた。

「あー！」

マナとルナちゃんとアリサちゃんの声がハモる。

「うるさい。あと、チンアナゴで人を指すんじゃありません」

俺はエリカちゃんの手を放して、ヤンキーたちに振り回されていた哀れなチンアナゴ三体を回収。そして、そっと近くのチンアナゴコーナーに戻した。

俺がそうしている間に、マナたちはエリカちゃんを取り囲む。

「あれれ？　もしかしてやっとオッケーもらった感じ？　エリカが告白し直したの？」

マナがエリカちゃんに言うと、エリカちゃんが照れながら「違う」と首を横に振った。

「おにーさんから、『俺とお付き合いしてくれませんか?』って言ってくれた……」

「えぇぇぇぇ⁉」

ヤンキー娘たちの大絶叫。土産屋にいる全員が、何事かとこちらを振り向いた。

――どいつもこいつも……。俺の周りにいる人って、どうしてこうもTPOをわきまえてくれないんだよ……。

大学の友達も、妹とその友達も、どういうことか極端に慎みに欠ける。

関係者だと思われるのが恥ずかしくて、近くの売り場にあったボールペンを手に取る。

たまたま近くの売り場にいただけで、ヤンキー娘たちとは無関係の客を装《よそお》ってみた。

しかし空気の読めないヤンキー娘たちは、俺を指差しながら大騒ぎ。

「他には⁉ 他にはツカっち、なんて言ったの⁉」

ルナちゃんが食いつく。

「それは……秘密」

エリカちゃんが恥じらう。

「うっわーエリカが完全に乙女モードだ‼」

アリサちゃんが悶《もだ》える。

「まったく、うちの兄貴ったら優柔不断だからさぁ。本当に待たせちゃってごめんな？」

マナがなぜか謝った。

「なんでマナが謝るんだよ」

聞き流せず、俺はマナにツッコむ。

するとマナは、大きく分かりやすい溜《た》め息《いき》をついた。

「当たり前だろ。なんかごちゃごちゃ考えてたみたいだけど、付き合えない理由なんてないじゃんか。決断遅すぎ。返事遅すぎ。エリカじゃなかったらフラレてるぞ。良かったなーエリカが兄貴一筋で」

「それは……確かに。おっしゃる通りだったと思います」

最初に断った時点でエリカちゃんが俺のことを諦めていたら、今、こんな風にはなってないだろう。それで途中からエリカちゃんに対して恋愛感情が芽生えたって、時既に遅しって場合もある。

間に合って良かった。

安堵《あんど》していると、俺の横でアリサちゃんが胸を張って威張り出す。

「そんな優柔不断なマナの兄さんを、あたし達は温かく見守ってやってたんだ。マナの兄さんはあたし達にも感謝するべきだぞ？」

アリサちゃんがあまりに堂々と言うものだから、俺はふふっと笑ってしまった。

「そうだな……感謝しているよ」

俺は、マナとルナちゃん、アリサちゃんに向かってお礼を言う。

すると突然、『その言葉を待ってました』と言わんばかりにマナがサッと手を挙げた。

そして、三人のヤンキー仲間に呼びかける。

「じゃあみんな！　兄貴が感謝の印に、お土産を一人一個買ってくれるから自由に選ぶがいい！」

「は⁉　なんでマナが決めるんだよ！」

俺の抗議なんて誰も聞かない。

ルナちゃんとアリサちゃんはすぐに、「よっしゃあ」と叫びながら駆け出す。そしてマナもエリカちゃんの手を取って駆け出した。

「ほら！　エリカも行くよ！」

「あ、うん！」

あっという間に土産屋に散らばるヤンキー娘たち。このフットワークの軽さは、尊敬に値するレベルだ。

「まったく……総額幾らになるんだよ……」

……と言いつつ、俺の顔は笑っている。

俺の目線の先には、とても楽しそうにお土産を見て回るエリカちゃんがいた。時折、マナたちと何か言い合いながら笑っている。俺は目を細めてそれを見守っていた。

好きな人の笑っている顔を見ているだけで、胸が温かくなる。俺は何度も心の中で『良かった良かった』と呟《つぶや》いた。

——せっかくだし、俺も何か買うかな……。

ひとしきりエリカちゃんを眺めて満足した俺は、何か面白いものがないかと店内をブラブラ歩く。

文房具。ぬいぐるみ。お菓子。Ｔシャツ。帽子。ハンカチ。

特にここで買わなきゃいけないものもないが、記念に買うなら何がいいか。けっこう迷う。

ウロウロしていると、書籍コーナーにたどり着いた。そしてペンギンのぬいぐるみを抱えたエリカちゃんを発見する。どうやら前回買ったのと同じペンギンのぬいぐるみを選んだようだ。

「……二号、同じやつにするのか」

俺が声をかけると、エリカちゃんが振り向いた。

「あ……うん。一応全部見てきたけど、このぬいぐるみが一番好き」

「そっか。同じ商品があって良かったな」

「でも、前のとは顔が違うけどね。前のはもっと……おにーさんに似てた」

「え？　俺と似てるぬいぐるみを選んでたの？」

俺が言うと、エリカちゃんの顔が赤くなる。

俺はエリカちゃんが抱えているペンギンのぬいぐるみを凝視した。一体どこが自分と似ているのか、俺にはさっぱり分からない。

俺がペンギンのぬいぐるみとにらめっこしている間に、エリカちゃんはそわそわしながらペンギン図鑑をパラパラ捲《めく》っていた。

俺はエリカちゃんに話しかける。

「なぁ。このペンギンって何て種類？」

「え？　種類……うーん……どれかな？」

エリカちゃんが見ているのは、ペンギン一覧表のようだ。俺も表をよく見ようとして、エリカちゃんの横から図鑑を覗《のぞ》き込む。

「俺にも見せて？」

「うん……どう？」

「これじゃないか？　エンペラーペンギン」

「あ、ホントだ！　エンペラーか……どこかで聞いたことのある言葉だな」

「皇帝って意味だよ」

「ふふっ。なんかすごく強そう」

図鑑とぬいぐるみを何度も見比べていたその時、俺の背中を何か柔らかいものがツンツンしてきた。

「ん？」

俺が振り向くのと、エリカちゃんが振り向くのはほぼ同時だった。

真っ先に目に飛び込んで来たのは、ペンギンのぬいぐるみが三体。それを見て、エリカちゃんの顔がほころぶ。

「あっ！　みんなもペンギンにしたのかー？」

俺たちの背後に立っていたのは、それぞれペンギンのぬいぐるみを抱えたマナたちだった。とすると、俺を突っついた柔らかいものの正体は、ペンギンのぬいぐるみのくちばしか。

「お！　図鑑で見たのばっかじゃん！」

見事に三人が持っているペンギンの種類が違うのが面白くて、俺はつい興奮気味にぬいぐるみと図鑑とを見比べる。

「マナのペンギンはアデリーペンギン。ルナちゃんのはイワトビペンギン。アリサちゃんのはフンボルトペンギンだ」

俺が名前を言っていくと、アリサちゃんが嫌そうな顔をした。

「フンボルトー？　なんか全然可愛《かわい》げのない響きだな」

それを聞いて、エリカちゃんが勢いよくフォローした。

「そんなことないぞ！　フンボルトペンギンだって可愛い！　あとは、アリサが好きな呼び方で呼んであげればいいだろ？」

アリサちゃんが「うーむ」と思案する。

「じゃあ……兄さん」

「へ？」

アリサちゃんが呼び方を決めた。それだと普段俺を呼ぶ時と同じ呼び方になるのだが
……わざとなのか。

「よろしくな！　兄さん！　今日から、寝るのも一緒だぞー？」

わざわざ胸の谷間に埋めるように、ぬいぐるみを抱きしめるアリサちゃん。その呼び方のせいで、まるでその胸に抱かれているのが自分であるかのような錯覚を覚えた。

どう反応していいか分からず困惑していると、ルナちゃんが言う。

「じゃあ、あたしはツカっちにしよーっと」

「じゃあ、私は兄貴だな！」

アリサちゃんに続き、ルナちゃんとマナまで、俺を呼ぶのと同じ呼び方にするつもりらしい。

これにはエリカちゃんが怒り出した。

「ちょっと待てよ！　なんでみんな、おにーさんを呼ぶ時と同じ呼び方にするんだよ！　おにーさんは私のなんだぞ‼」

すると、マナとルナちゃんとアリサちゃんがクスクス笑う。そしてマナが意地悪な顔をして言った。

「いいだろ？　兄貴はみんなの兄みたいなものだし？」

「よ、良くない‼　おにーさんは、私の彼氏なんだから！」

慌てているエリカちゃんの鼻を、マナが人差し指でピッと触れた。

「彼氏なんだろ？　だったら、いつまで『おにーさん』って呼んでるつもりだ？」

エリカちゃんが、大きな目をパチパチさせる。

そして、頬を赤く染めて俺を流し目で見た。

「ツカサ……」

恥じらう姿にぎゅっと心臓を摑《つか》まれ、息を吞《の》んだ。全身にドッドッドッと自分の鼓動が響く。

彼女に名前を呼ばれただけでこの破壊力……みんなどんな心臓を持って恋愛しているのか。こんなの、鋼の心臓がないと身が持たないだろうに。

しかし幸いにも、「ひゅーひゅー」と言って囃《はや》し立てるヤンキー娘たちのお蔭《かげ》で、俺はすぐに冷静さを取り戻した。

『俺の彼女可愛い』と浸ってる場合じゃない。そろそろ帰路につかないと、いつまでもヤンキー娘たちの遠足は終わらない。

――こいつらは応援してくれてるんだか、邪魔してるんだかさっぱり分からないんだよな。まぁ多分……どっちもやりたいんだろうけど。

エリカちゃんに俺の呼び方を変えさせたのはファインプレーなんだが、素直に感謝しにくい。

何度も思うが、まともに相手をしたら負けだ。

俺はふぅと短く息を吐くと、気持ちを切り替えてレジに向かう。

「はい、じゃあお会計に行きまーす。ついてこなかった人は、自腹でーす」

「あ、待って兄貴！　お菓子欲しい！」

「ツカっち！　お菓子も買って！」

「兄さん、チンアナゴも買おーよ！」

「一人一個！　約束守れない子には一個も買いません！」

「お母さんかよー」とマナたちが声を揃《そろ》えた。

俺はそんな三人をガン無視。そして、エリカちゃんが抱えていたペンギンのぬいぐるみをヒョイッと預かった。

「買っておくね」

「あ、ありがとう！　ツカサ！」

はにかむエリカちゃんに、また名前を呼ばれた。

そわそわする。ペンギンのぬいぐるみじゃなくて、エリカちゃんをぎゅっと抱きしめたい気分だった。

そんなこと……こんな場所で出来ないけど。

俺まで自由奔放になったら、誰がみんなを制御するのか。自分は最後の砦《とりで》なんだと言い聞かせながら、会計待ちの列に並んだ。

そこにエリカちゃんが駆け寄ってくる。そしてギュッと腕に抱きついてきた。

「ふふっ。これからはもう、こういうこと我慢しなくていいんだもんな」

幸せそうな顔をして、すり寄ってくる。

腕から伝わる柔らかな胸の感触。きゅっと俺の服を握る指。触れた場所から連鎖して、熱が全身に広がる。

――彼女って意識した途端にこれかよ……俺、こんなドキドキしっぱなしで大丈夫なのか……？

レジから聞こえてくるピッピッという電子音が、俺の限界までのカウントダウンを刻んでいるようだった。

18話

水族館から帰宅すると、もう午後六時。家には仕事から帰ってきた母さんがいた。

マナが母さんにお土産袋を渡す。

「おかーさん、これ、私とエリカからお土産だよー」

「あらー！　マナもエリカちゃんもありがとう」

袋の中から出てきたのは、魚のイラストで彩《いろど》られたクッキー缶。母さんは可愛いものが大好きだから、すごく嬉《うれ》しそうだ。

「まぁ二人とも、可愛いペンギンのぬいぐるみ持ってるのね」

母さんが、マナとエリカちゃんが抱えているペンギンのぬいぐるみを見て目を細める。

すると、エリカちゃんが得意げに言った。

「マナのはアデリーペンギンっていう種類で、私のはエンペラーペンギンって種類なんだ！　エンペラーっていうのは、皇帝って意味なんだって」

「あらあら！　エリカちゃんったらペンギン博士みたい！」

褒め上手な母さんに乗せられて、今日買ってきた図鑑まで母さんに見せ始めるエリカちゃん。

「まだ勉強中なんだ！　これからいっぱいペンギンについて知って、マナのお母さんにも色々教えてあげるからな！」

「うんうん。楽しみにしてるわ」

嬉しそうな母さんを見て、エリカちゃんも嬉しそう。

こういうのを見ると、母さんには敵《かな》わないなって思う。

母さんはいつも、凄《すご》い。

マナがヤンキー化した時も、マナがヤンキーの友達をぞろぞろ連れてきた時も、ごく自然にそれを受け止めていた。まったく嫌そうな顔をしなかった。

エリカちゃんが夏休みの間うちに泊まるって話をした時も、『賑《にぎ》やかで楽しくなるわね』と言ってあっさり受け入れてくれた。そしてこうやってエリカちゃんの話を、我が子の話を聞くように聞いてくれる。

――尊敬するよ。母さんのそういうところ。父さんも懐《ふところ》が深いし、両親が温厚で助かるな……。

マナとエリカちゃんは、母さんに今日のことを話すのに夢中になっている。俺はそんな二人を置いて、先に部屋に向かった。

そのままベッドに倒れ込む。

今日は色んなことがあって、なかなか疲れた。

ヤンキー娘四人を制御しながら水族館に行く芸当は、ゲームならばハードモード。特にルナちゃんとアリサちゃんの二人は、隙あらば俺のことをからかって精神エネルギーを消耗させるから厄介だ。かといって野放しにすれば、公衆の面前で大騒ぎして大変なことになるし。

でも、今日は苦労ばかりじゃなかった。そんなの全部帳消しに出来るくらい、大きな成果があった。

告白した時の嬉しそうなエリカちゃんの顔が頭に浮かぶ。それだけで、無駄に心拍数が上がる。

年齢イコール彼女いない歴だった俺にも、彼女が出来た。しかも、俺にはもったいないくらい端麗で可愛《かわい》い彼女が……。

だが、浮かれてばかりもいられない。今日はゴールじゃない。スタートなのだ。

エリカちゃんを守ると決め、エリカちゃんに告白した。エリカちゃんのためにも、俺は教員免許を取って大学を卒業し、しっかり就職してお金を稼げるようにならないと……。

将来エリカちゃんを苦労させないためにはどうしたらいいか。そんな小難しいことを考え始めたら、急に眠くなってきた。

――……でも、今日はいいか。今日は、エリカちゃんと付き合い始めた特別な日だから……。

気を抜くと、どんどん眠くなる。

そのまま頭がボーッとして来て、やがて何も考えられなくなる。

はしゃいでいたのは、ヤンキー娘たちだけではなかったようだ。

俺は晩御飯を食べるのも忘れて眠ってしまった。

ふと目を覚ますと、夜の十二時だった。

「ヤベ……風呂《ふろ》も入らず寝てた……」

俺としたことが、夏にシャワーも浴びずに寝てたなんて。やっちまった。

今すぐにでもシャワーを浴びたい気分だったが、すごくお腹《なか》が空《す》いていた。だから着替えを持って、まずはリビングに向かう。

既に廊下は真っ暗。どこの部屋からも明かりは漏れていない。きっと、マナもエリカちゃんも疲れて早く寝てしまったのだろう。

足音を立てないようにリビングに向かうと、俺の分のおかずがラップをかけてテーブルの上に置いてあった。

「ありがたい……」

俺は冷めたハンバーグと、ぬるくなったポテトサラダに手を合わせた。

「いただきます」

夜も遅いから、ご飯をよそうのはやめた。おかずのハンバーグとポテトサラダだけ食べて、お茶を飲む。それだけで、空っぽだった胃袋が満足しているのを感じた。

「シャワー浴びるか……」

あまり物音を立てないように気をつけながら洗面所に向かい、電気を付けると、ドアをそーっと開けてそーっと閉めた。

今まで何度もみんなが寝ている時に風呂に入ったことがある。夜中に風呂に入る音がするくらいで『うるさい』と文句を言う家族もいない。しかし変に大きな音を立てて、誰かの眠りを妨げたくない。そう思って慎重に行動していた。

服を脱ぎ、浴室に入って、シャワーのレバーを押す。いい感じのぬるい湯が出てきて、俺は汗を流し始めた。

さっき随分深く寝ていたようだから、しっかり目が冴《さ》えている。これからまた寝ようとして寝れるだろうか……そんな変なことを心配していると——。

いきなり浴室のドアがガチャッという音を立てて——開いた。

「へ？」

音に驚いて、ドアを見る。すると、金髪の美少女がはにかみながら顔を覗《のぞ》かせた。

「背中、流そうか？」

「はい⁉」

エリカちゃんは一応バスタオルを巻いているが、その下には何もまとっていそうにない。ゆるく巻かれたバスタオルは、今にもはらりとほどけ落ちそうで、見ていてハラハラする。胸元を手で押さえているせいで、胸の豊かさが強調されているから、艶麗《えんれい》でもう……。

「こらこらこらこらぁ！」

「あ！　ちょっと‼」

俺は慌ててエリカちゃんを押し出して、浴室のドアを閉めた。そして、そのままドアが開かないように押さえる。

ドアの向こうでは、エリカちゃんがドアを叩《たた》きながら抗議していた。

「なんで閉め出すんだよ⁉」

「逆に聞くけど、なんで一緒に入ろうとするんだよ⁉」

「は？　彼女なんだから一緒にお風呂入っても良いだろ別に」

「か、彼女なんだからって言っても……」

――え？　彼女ってお風呂に一緒に入るものなんですか？

恋愛経験ゼロの俺は、正解が分からない。ネットで調べたくても手元にスマホがない。

とにかく一回落ち着くべきだ。

冷静になるため深呼吸を一つ。

今考えられる最悪の展開は……お風呂で騒いでいるのに気づいた誰かが、この様子を目撃してしまうことである。

つまり、騒いではいけない。誰かにこの状況を気づかれる前に、穏便に、エリカちゃんと話をつける必要がある。

俺は小声で、ドアの向こうのエリカちゃんに話しかけた。

「エリカちゃん、まだお風呂入ってなかったの？」

「ん？　入ったよ？　でも、ツカサがお風呂に行く気配がしたから、一緒に入ろうと思って」

「いやいや……俺は、今、一人でお風呂に入りたいんで……ご遠慮してもらえませんかね？」

「なんでそんなに一人で入りたいんだ？　一緒に入った方がイイコトあるだろ？」

「イイコト？」

「私の体、見放題だぞ？」

「それは……そうかもしれないけど……」

「彼女なんだから、見ても何も問題ないんだぞ？　見たくないの？」

確かに、交際相手が見せても良いと言っている以上、その裸を見るのは合法だ。それに見たいか見たくないかと言われれば、それはもちろん……。

――いや、マズイだろ！

見たら見ただけじゃ済まないかもしれない。現時点で既に……俺の一部が妙に熱い。

「エリカちゃん、あのさ……」

「い、イタタタ……」

俺がエリカちゃんに苦言を呈そうとしたその時、急にエリカちゃんがドアの向こうで苦しそうな声を上げた。

「え？　ど、どうした？　大丈夫？」

「痛い……ツカサ、助けて……」

「えぇ⁉　ちょっと大丈夫――」

緊急事態かと思い、俺は浴室のドアを開けようとした。

――そのドアに僅かな隙間が生まれた瞬間、ドアの向こうから現れた手がガッとドアを掴《つか》み、バッと全開にした。

「ふふふっ！　引っかかったな！　恋人同士の間で隠し事はなしって言うだろ？　つまり、体も隠すことなしだ！」

風呂の出入り口に、エリカちゃんが立ちはだかる。

俺は慌てて手桶《ておけ》を使い、ブツを隠した。

「なんで隠すんだよ？」

「恥ずかしいの！　お願いだから一緒にお風呂に入るのは勘弁してください！」

「えー？　私よりシャイってどういうこと？」

「いや、エリカちゃんは普通の人よりかなり大胆なタイプだと思いますので、自分を基準にしないように！」

「はー？　じゃあ一生一緒にお風呂入れないのか？　結婚しても？　夫婦になっても？」

エリカちゃんがバスタオル一枚巻いた姿のまま、俺に詰め寄る。

「いや、一生かどうかは分からないけど、今日からしばらくはとにかくダメ！」

「しばらくー？　しばらくって、いつまでだよ！」

エリカちゃんが勢いよくそう言った時、エリカちゃんの胸元からしゅるりとバスタオルがはだけた。

空気をはらみながらも、重力によって静かに床に吸い寄せられるバスタオル。その中に包まれていた瑞々《みずみず》しい肢体がさらけ出され、見るからに柔らかそうな美麗な双丘がふるりと揺れた。

ここでバスタオルがはだけるのは想定外だったのだろう。エリカちゃんは一糸まとわぬ状態で固まる。

もちろん、俺も固まっていた。

そのまま数秒経《た》っただろうか。

突然エリカちゃんが浴室の床に落ちたバスタオルを拾い上げると、脱衣所に逃げて勢いよく入り口のドアを閉めた。

ガチンと大きな音がして、俺もハッとする。

「あのーエリカちゃん？」

ドアの向こうに消えたエリカちゃんに、恐る恐る声をかける。

「やっぱりエリカちゃんも、一緒にお風呂に入るのは恥ずかしいんじゃないですかね……？」

「い、今のは、ちょっと思ってたのと違うことになったから、心の準備が出来てなかった

だけだ！」

「いやだから恥ずかしいんじゃ……？」

「ちょっと今、心の準備するから待ってて！」

「いやいやしなくていいよ！　もう良《い》いだろ？　今日は大人しくそのまま帰ってください」

「むぅぅ…………分かったよ」

ちょっと可愛《かわい》い唸《うな》り声が聞こえた後、拗《す》ねた声で返事が来た。

ドアの向こうで、エリカちゃんが服を着る気配がする。俺はドアに背中を預けてホッと息をついた。

俺はまだエリカちゃんと一線を超えるわけにはいかない。

エリカちゃんには交際にあたり、『エリカちゃんが高校を卒業するまでは、健全な付き合いをしたい』と伝えた。俺はこれを覆《くつがえ》すつもりはない。

エリカちゃんもそれを了承したはずなのに……風呂場に突撃してくるとはどういう了見か。

——まさか、エリカちゃんはこれを健全な付き合いの範疇《はんちゅう》だと思ってたのか……？

いやはや、それは俺の理性を過大評価し過ぎである。

「……じゃ、私は行くね。おやすみ」

「あ……おやすみ」

ドア越しに声を交わす。

その後すぐに洗面所のドアが開く気配がして、ドアが閉まった振動を感じた。

――大丈夫かな？　嫌な気持ちになっていないと良いけど……。

エリカちゃんが、どんな顔をして帰っていったか分からない。嫌われたらどうしようなんて考えて、胸がモヤモヤしてしまった。

「しょうがない……こればっかりは譲れないし、エリカちゃんにも分かってもらわないと」

男女が愛を伝え合う方法には、様々なバリエーションがある。お互いがかけがえのない存在だと伝え合えば、裸で何かしなくても関係は継続できるはずだ。

俺はシャワーのスイッチをお湯から水に切り替える。

そして頭も体も冷えるまで、冷たいシャワーを浴び続けた。さっき起きた出来事を思い出さなくなるまで。

心の中が無になったところで脱衣所兼洗面所に出る。

……と、マットの上で何かを踏んだ。

よく見ると、ピンク色の女性もののショーツだ。

「は⁉」

さっき俺が風呂《ふろ》場に入る前はなかった。つまり、これはエリカちゃんのもの。着替えて部屋に戻ったはずなのに、なんでこんなところにあるのか。慌てていて忘れたのか。ということは、まさか穿《は》かずに……。

「いや、罠《わな》だ。きっと、そういう想像をさせて俺を煽《あお》ってるんだろう……」

俺は気づかなかったことにして、マットの上にそれを放置した。

どうして勉強も出来ないし常識も知らないのに、こういう機転だけは回るのか。天使の見た目をしているくせに、中身はヤンキー。そして時々小悪魔だ。

案の定、俺は再びベッドに入ってから、悶々《もんもん》とエリカちゃんのことを考える羽目になった。

せっかく冷たいシャワーで煩悩《ぼんのう》を払ってきたのに、ショーツのお蔭《かげ》で煩悩が舞い戻ってきた。

連動して次々と呼び起こされていく記憶。

目を閉じると瞼《まぶた》の裏に浮かぶ、エリカちゃんの裸身。

数秒見ただけで完全に脳内に読み込まれ、記録されていた。

これは何のための試練なのか。教えてもらえるのなら誰でも良いから聞きたいくらいだった。

口から情けない声が漏れた。

「あーもう……」

いつの間にか寝ていたようで、朝になっていた。カーテンから差し込んでくる光が眩《まぶ》しくて、寝返りを打つ。……その先で、手に柔らかいものが触れた。

「え？　何これ……？」

柔らかくて温かい。

寝惚《ねぼ》けて、謎の物体を撫《な》で擦る。

すると、謎の物体は「ひゃんっ」と可愛い声で鳴いた。

「え？」

バチッと目が覚めた。

俺の目の前に、顔を赤らめたエリカちゃんがいる。

「もう……変なとこ触るなよ。くすぐったいだろ？」

少し頬が膨れている。でも、全然怒っている声じゃない。

「……何故《なぜ》、ここに？」

俺は恐る恐る聞いた。

「彼女なんだから、一緒に寝ても良いだろ？」

「いやいやいや！　彼女でも、ダメ‼」

「えー⁉　なんでだよ⁉」

「俺はエリカちゃんと付き合うと決めたけど、あくまで健全な付き合いをするって言ったはずだ！　不健全な付き合いになりそうな行為は禁止です！」

「何が健全で何が不健全なのか分かんないって！　好きなのに、なんで一緒にいるのが不健全なんだよ！　好きな人と一緒にいない方が不健全じゃん！」

「エリカちゃんの言いたいことも分かるけど、ダメなものはダメです！」

「そんなんじゃ付き合った意味ないじゃん！」

「寂しい想《おも》いはさせないように頑張るから……本当に、こういうのは勘弁して……」

お願いすると、エリカちゃんは不満たっぷりな顔で俺を見た。

「私は既に寂しい」

そう吐き捨てて、エリカちゃんが部屋を出ていく。

部屋に残された俺は、頭を抱えて溜《た》め息《いき》をついた。

「何とかしなくちゃな……」

告白したのが間違いだったと思いたくない。付き合うのが早かったと思いたくない。俺はエリカちゃんの気持ちをちゃんと受け止めて、エリカちゃんを安心させてあげなくちゃいけない。

「俺だって……本当はエリカちゃんを抱きしめたいよ……」

さっきまでエリカちゃんが寝ていた場所が、まだ温かくて……胸がギュッと苦しくなった。

19話

風呂に押しかけて来たり、気がついたら一緒に寝ていたり……。エリカちゃんの行動はなかなか制御出来ない。それだけ俺と恋人同士になれて嬉《うれ》しいってことなんだろうけど、健全なお付き合いをしたい俺は、かなり悩んでいた。

——ちゃんと、話して分かってもらうしかないよな……。

付き合ってるんだし、俺はエリカちゃんの気持ちをちゃんと受け止めたい。そして、お互いに満足できる関係でいたい。そういう気持ちは、ちゃんと言葉にしなきゃ伝わらない。帰ってきたらエリカちゃんと話をしようと心に決め、俺は家庭教師のバイトに行く準備を始めた。

エリカちゃんとの時間も大事だが、将来のための努力も惜しみたくない。本を買うお金やデートするお金も欲しいし、教員として必要な指導力も身につけたい。

「——よし！　気合い入れてバイト行くか！」

俺は教科書やらプリントやらを詰め込んだ鞄《かばん》を持って、部屋を出た。

その日、俺が帰宅したのは午後の五時頃だった。

玄関には靴がなく、家の中に誰もいないのがすぐ分かった。

「エリカちゃんも出掛けてるのか……」

どこにもエリカちゃんの靴が見当たらなくて、ちょっとガッカリした。

──早く会いたいと思って、なるべく急いで帰ってきたけど……タイミングが合わない時もあるか。

俺の部屋にも誰もいない。パッと見た感じ、誰かがいた痕跡もない。誰も漫画を読んだり、ベッドに勝手に寝転んだりしていないのか。

今日はそれすらちょっと寂しく感じた。

お風呂といい朝といい、突き放してしまったからご機嫌を損ねたかもしれない。不安だ。

もしかしたら、愛想《あいそ》尽かされた可能性も……。

いや、エリカちゃんに限ってそんなことはないか。それで俺を嫌いになるくらいなら、一度告白を断った時に簡単に諦めただろう。

──こんなにモヤモヤするのは、それだけ俺がエリカちゃんを好きってことなんだろうな。

頭に浮かぶエリカちゃんの姿。いつでも元気いっぱいで、俺が大好きだって全身で表現していた。

エリカちゃんの笑顔を思い浮かべるだけで、胸にじわっと温かいものが広がる。エリカちゃんがそばで笑ってくれるなら、俺はエリカちゃんの高校卒業まで、それ以上のことを我慢出来ると思ってるのだが……。エリカちゃんと俺の感覚は違うのだろうか。

その後、六時になって両親が帰宅した。しかし、七時、八時になってもマナもエリカちゃんも帰ってこない。

俺はずっとそわそわしながらエリカちゃんの帰りを待っていたが、晩ご飯を食べてお風呂に入ったら、睡魔に襲われてしまった。

勉強というのは、教わる方はもちろん、教える方も頭を使う。受験対策中の高校生の相手をしていると、俺もついつい熱くなり、疲労が蓄積されていた。

――ちょっと、寝るか……。

まだ帰って来ないようだし、寝ながら待つことにした。

電気を消して、フラフラとベッドに歩み寄る。その上にドサッと身を投げだすと、そのまま眠りに落ちそうになった。何とか這《は》って枕に頭の位置を合わせ、布団《ふとん》もかけずに目を閉じる。

部屋にかすかに響く時計の秒針の音に耳を澄ませていると、あっという間に意識が遠のいた。

――パタンッ。

寝ていた俺の耳に届いた、小さな物音。ドアを閉めた音のようだった。そして同時に、部屋に誰かの気配を感じる。

窓のカーテンから漏れる、近くの路上にある街灯の光。そのお蔭でいつも部屋の中は真っ暗ではなく、薄ぼんやりと明るい。それにさっきまで寝ていて夜目に慣れていた俺は、そこにいる人物が誰なのかすぐに分かった。

――エリカちゃん？

部屋の真ん中に立っているのは、エリカちゃんだった。

何をしに来たのか。

寝惚けた頭で考えてながら、エリカちゃんを見つめる。エリカちゃんはまだ俺が目を覚ましたことに気づいていないようだ。

――そういえば、話がしたくてエリカちゃんの帰りを待っていたんだっけ……。

寝起きの頭がゆっくり回転し始めると、寝る前に考えていたことが思い出される。が、急に起きたらビックリさせてしまうかもしれないと思い、寝たふりを続けて起きるタイミングを窺《うかが》っていた。

どうしたものか。

思案していると、エリカちゃんが動く。それを見て、俺は余計に動けなくなった。

なんとエリカちゃんは、部屋の中央で……服を脱ぎ始めたのだ。

短パンとTシャツを脱ぎ捨て、下着姿になる。よく見えない分、シルエットに近いエリカちゃんの姿は凄艶《せいえん》で扇情的だった。

「ツカサ……」

俺の名を呼びながら、エリカちゃんが近づいてくる。俺は必死で寝たふりをした。

「ツカサ……ねぇ、起きて」

ベッドの縁にグッと重みが加わる。そして俺の顔に、エリカちゃんの熱い吐息がかかった。

「……シよ？」

言われた言葉にギョッとして、俺の目が開いた。

「あ、良かった。起きてくれて」

目の前で微笑《ほほえ》むエリカちゃん。俺の顔を覗《のぞ》き込むように、俺を見下ろしている。

エリカちゃんは恥ずかしそうに俺の頬に触れ、その手がそのまま下に滑り、俺の首筋を撫《な》でた。

「彼女なんだから……良《い》いよね？　私は、シたい」

暗くても、エリカちゃんの唇が艶やかに濡《ぬ》れているのが分かる。その切ない表情は、俺の体を熱くした。

手を伸ばせば、エリカちゃんの体に触れられる。その滑らかで柔らかい体に、俺の気持ちをぶつけられる。

でもそれは、今の俺が望んでいることじゃない。

こんなことをさせる前にちゃんと言うべきだった。これは……俺の責任だ。

俺は上半身を起こして、ベッドに座った。エリカちゃんはベッドに膝と手をついた体勢で、俺をじっと見ている。

「エリカちゃん……ごめん。今は、出来ない」

「…………なんで？」

エリカちゃんの声は固く、ちょっと怒っていた。

「私が……どれだけ勇気を出してこういうことしてるか分かるか？」

静かな声に、押し殺した怒りと悲しみを感じた。

「分かってる……」

「嘘《うそ》だ。全然分かってない。本当に分かってるなら、今すぐ抱きしめてよ……」

「それは……」

「健全な付き合いがしたいんだったな。じゃあシなくて良いから、このまま抱きしめてよ。そのくらい出来るだろ」

迷っちゃいけない気がした。一秒でも遅ければ、きっとエリカちゃんの信頼を挫《くじ》くことになる。そう思って……俺は、エリカちゃんを抱きしめた。

少し汗ばんだ肌に、手が吸い付く。俺の胸元にエリカちゃんの胸が押し当てられ、トクトクという速い鼓動が伝わってきた。鼻孔をくすぐる、エリカちゃんの甘いにおい。柔らかい、温かい……抱きしめているだけで心地よい。

そして、愛《いと》しい……。

抱きしめただけで脳内に溢《あふ》れ出す様々な感情。それは圧倒的に理性を超える熱量があった。

じゃあなんでここで俺の理性が負けないのか……。最後の最後まで俺の理性を繋《つな》ぎとめたのは、エリカちゃんを大事にしたい気持ちだった。

「あのな……エリカちゃん」

わざと耳元で囁《ささや》くように声をかけると、エリカちゃんの体がピクンッと跳ねた。

「正直に言うから、よく聞いて」

「ん……」

エリカちゃんが小さく頷《うなず》くのを確認してから、俺は言う。

「あのですね……俺、今、すっごく我慢してるんですよ」

「え？」

「なんだよ……俺が何も感じてないとでも思ったのか？」

「うん。だって……何もしてくれないし」

「侮《あなど》るなよ。俺だってエリカちゃんにめちゃくちゃキスしたいし、むちゃくちゃ抱きしめたいし、なんかその……すげー色々したいよ」

「そ、そうなの？」

「そうだよ。こんな可愛《かわい》い彼女がこんな格好で目の前に現れて、『シよ？』だの『シたい』だの言われて、俺が何も感じないはずないだろ……。じゃあなんでその先に進まないのか、エリカちゃんは分かるか？」

「……分かんないよ。分かんないから……私の体に興味ないのかと思って、不安になって、ツカサの気持ち確かめたくてこういうことしてるんだよ！」

「興味はある。ありまくりだよ。でも……俺はエリカちゃんを大事にしたいんだ」

「大事？」

エリカちゃんが俺に聞く。

俺はそっとエリカちゃんを抱きしめたまま答えた。

「俺だってエリカちゃんをいっぱい抱きしめて好きって伝えたい。でも、そういうことにはリスクが付き物だ。エリカちゃんが高校生のうちは、そのリスクを冒してまで愛し合いたいと思えない」

「リスクって……子供が出来るってことだよね……？　私……ツカサの子供なら、いいよ」

「そう言ってくれて嬉《うれ》しいよ。でもそうなったら、エリカちゃんは高校を中退することになるかもしれない。俺だって、大学を辞めてすぐに働かなくちゃいけないかもしれない。その時は何とかなっても、数年後、十年後はどうかな？　子供が大きくなった時、俺は家族を守れるだけの収入があるかな……」

「そんな先のことまで考えてるのか……ツカサは」

「その場その場で全力を尽くして、家族も自分の夢も守れる人だっていると思う。でも俺……そういう行きあたりばったりなのはちょっと苦手だから。守りたいものがちゃんと守れなかったらどうしようって、不安になっちゃうよ」

俺がそこまで話をすると、エリカちゃんが俺の腕の中でもぞもぞ動いた。

俺が手を離すと、俺から離れてベッドの上に正座した。

「……私は、ツカサと一緒にずっといたいと思ったんだ」

「うん……」

「付き合えたのが嬉しくて、でもそのうち捨てられたらどうしようって不安で、こういうことしたら、ツカサとずっと一緒にいられるって思って……」

「うん……その不安を、早く取り除いてあげられなくてごめん……」

俺が謝ると、エリカちゃんがぶんぶんと首を横に振った。

「いや、こっちこそごめんなさい。ツカサが健全な付き合いしたいって言ってる意味を、私はちゃんと分かってなかった。勝手に突き放されてると感じてた。こんなに……愛されてるのに、私は、馬鹿だった……」

しゅんと落ち込んだエリカちゃんを見て、俺はさらに申し訳なく感じた。

「いや、俺が悪かったよ。ちゃんと最初からこうやって説明しておけば良かったんだ」

「いやいや、私が悪かったって！　普通……そういうの察するんだと思う。でも、私が一から十まで説明してもらわないと分からないアホだからいけなくて！」

「いやいやいや！　不安にさせた俺が！」

「いやいやいや！　ツカサを信じられなかった私が！」

お互いに自分が悪いと謝っていたら、なんだか笑いがこみ上げてきて……。

俺たちは、顔を見合わせて笑った。

「じゃあ、たまに……ぎゅっとしてもらうのはいいか？」

「服着てたら、いつでもしてやるよ」

「ふふっ。そっか。でも、素肌に触れてもらうのも気持ちいいのに、残念だな……」

「俺だって我慢してるんだから、エリカちゃんもちょっとは我慢して」

「はーい」

エリカちゃんが渋々といった感じで返事をした。そして、俺を見て微笑む。

「ツカサも、そろそろ『エリカちゃん』はやめないか？　なんか、いつまでも妹扱いされてる気分なんだけど」

「あ、そう？　じゃあ……エリカ」

「うん。イイね。ツカサの彼女って感じがする」

エリカちゃん……いや、エリカが不敵に笑って顔を近づけてきた。

そのまま、唇が重なる。

柔らかな感触が心地よい。エリカの俺を想《おも》う気持ちがそこから伝わってきて、俺の全身を駆け巡っていくような気がした。

「本当に、この先はシなくて良いのか？　固くなってるけど？」

エリカちゃんが意地悪な笑みを浮かべた。

「俺の生殖機能が正常だと確認できたので、今日のところは満足です」

「ふーん？　じゃあ、定期的にチェックしてやらないとな。未来の旦那様のために」

「それはちょっと勘弁してください……」

俺の前で楽しそうに笑うエリカは、天使でも小悪魔でもなく、ヤンキーでもないただの女の子だ。

親の愛情を受けられず、常識知らずなまま育ってしまったが、明るい未来を信じて生きる逞《たくま》しい女の子。俺の妹を救ってくれた恩人であり、俺に恋した可愛い女の子であり……今では、俺が一生をかけて大事にしたい恋人になった。

こんなことになるなんて……タイムマシンに乗って数ヶ月前の俺に言いに行っても、絶対に信じてもらえないだろうな。

エピローグ

彼女いない歴が年齢と一緒のまま、二十年経《た》った。

あまりに女性縁がないため保身に走った俺は、学生でいる間に彼女を求めることをやめていた。

全て諦めた訳じゃない。社会人になったら本気を出せばいい。今、彼女がいなくたって関係ない。生涯愛し抜けるたった一人の女性に出逢《であ》えればいいのだ。

だから、周りの連中が彼女とイチャイチャしている話を聞いても、何も感じない。可愛い女の子を見ても、恋愛感情を抱かない。

もう、恋愛スイッチを完全に切ったつもりだった。

しかし世の中、何があるか分からない。

ありえないなんてこと、ありえない。

そんな世界の不思議を……俺は実感していた。

四月某日。

昼下がりの国立S大学。

腹を空《す》かせて昼食を求める学生たちで密になっている学生食堂。そこで俺も腹を満たすためにカレーを食べていた。

同じテーブルには、俺と同じ教育学部の星野《ほしの》と徳永《とくなが》がいて、俺と同じようにカレーを食べていた。

「――へぇ、じゃあ上条《かみじょう》が家庭教師してた生徒さんは、全員ここに入学してきたのか」

徳永が俺に言う。

「うん。みんな希望の学部に入れたから良かったよ。いい経験させてもらった。バイト紹介してくれてありがとうな」

「おう。今年も頑張れよ」

俺は今年、受け持ちの生徒さんの数を増やす予定だ。自分の勉強のためにも、お金を手に入れるためにも、やる気に燃えていた。

「なぁ、そんなことより合コンをしないか？」

さっきまで黙ってカレーを食べていた星野が、いきなり真面目な顔をしてそう言った。

俺の大事なバイトを『そんなこと』呼ばわりされて、俺は顔をしかめる。

「いきなりなんだよ？」

「俺たち三人でチームを組み、綿密な連携を取って、三人それぞれが目標を落とせるように戦うんだ」

「それは合コンって言うよりスポーツだな」

俺は呆《あき》れてツッコんだ。

「そうだ！　合コンはスポーツだ！　ワンフォーオール！　オールフォーワン！　抜け駆けは許さん！　チームで勝利を摑《つか》むんだ‼」

「お前、最近何があったんだよ……」

やけに合コンに対して熱が入っている星野。あまりの気合いにドン引きしていると、徳永が解説してくれた。

「先月また彼女に振られて、最近参加した合コンも三連敗中。珍しく彼女が途切れてるから焦《あせ》ってんだよ。ちょっとがっつき過ぎだから、少し休んだ方がいいって俺も言ってるんだけど……」

それを聞いて、俺は真面目な顔で星野に言った。

「星野……。誰彼構わず、今の寂しさを埋めるためだけに彼女作るの止《や》めろよ。お前は今彼女がいるってだけで満足出来るかもしれないけど、向こうは一生一緒にいられる相手を探してるかもしれないだろ？　そういう価値観のズレが、二人の関係に亀裂を生むんじゃないのか？」

「……恋愛休止中のくせに、なんか分かったようなこと言うじゃないか。なんだ？　何かあったのか？」

俺の変化に気づいたのか、星野が俺をじっと見る。

俺は何食わぬ顔でカレーを食べ終えて、水を飲む。ヒリヒリする口の中がさっぱり爽やかになったのを確認して、答えた。

「あぁ……言ってなかったけど、俺、去年の夏から彼女がいるんだ」

「は？」

星野と徳永が声を揃《そろ》え、同時に目を丸くした。


夕方。

大学の授業が終わってから、俺はケーキ屋でプリンアラモードを五個買った。

父さん、母さん、マナ　俺、それからエリカの分だ。

カップが傾かないように慎重に袋を持って、家に向かう。その途中、俺は去年の夏から今までのことを思い出していた。

エリカと恋人同士になった八月。夏休みの間はずっとうちに住んでいたエリカも、九月になると、母親のいる家に帰った。

相変わらず母親の恋人が同居しているようだが、エリカは負けじと戦っている。今すぐエリカをそんな家から解放してあげたいが、俺にはまだそれが出来るだけの力がない。

俺はエリカに『何かあったらすぐに連絡すること』『何かあったらうちに逃げてくること』と話した。それから、『週末はうちに泊まっていい』と言った。

エリカはほぼ毎日のように、ルナちゃんやアリサちゃんたちと一緒にうちに遊びに来て、夜の十一時頃に帰宅する。そして、金曜の夜からうちに泊まりに来て、日曜日の夜に帰宅する。

そんなルーティーンで、秋も、冬も越えた。

冬休みと春休みは、夏休み同様にうちに泊まり込みに来た。だからここ半年間では、実家に帰っている時間よりうちに居る時間の方が長いと思う。

帰宅すればエリカが『おかえり』と言ってくれる。それが当たり前に感じるくらいエリカはうちに居て、もう俺はエリカに『おかえり』と言われるのを期待している。

まだ恋人同士だし、一線を超えていない仲だけど、既に家族のような絆《きずな》を感じる。

——家族と言っても、妹みたいな感じじゃない。もちろん、愛するパートナーとしての絆だ。

俺はいつも通りに家に辿《たど》り着き、いつも通り玄関のドアを開けた。

「ただいまー」

いつも通り、家の中に向かって声をかける。こうするといつもなら、金髪の可愛《かわい》い彼女が走ってくるのだ。そして『おかえり』と言いながら飛びついて来て……。

——と思っていたが、今日は違った。

今日はそういう風にいかなかった。

俺は玄関に入ったところで動けなくなる。

俺を出迎えてくれた人に、目を奪われる。

真っ先に目に入ったのは、艶《つや》やかな黒髪。

髪の色一つでこんなに印象が変わるものなのか。初めて会った時から金髪の印象しかなかったせいで、脳が戸惑う。

「おかえり……。ねぇ何か感想は？」

俺をじっと見つめる大きな瞳。恥ずかしいのか、頰が赤い。俺が何も言えずに固まっているせいで焦《じ》れているのか、唇がやや尖《とが》っていた。

「え？　え？　そんな、だって、えぇ!?」

何か早く言わないといけないと思いつつ、言葉がうまく出てこない。だって……。

——エリカが清楚《せいそ》系ＪＫになっているだと⁉

黒髪にするなんて絶対にありえないって言っていたのに。俺も、こんなことがいきなり起こるなんて思わなかったのに。

俺がエリカの変身っぷりに口をパクパクさせていると、エリカの口元が歪《ゆが》む。

俺が気の利《き》いたことを言わないから怒ったのか。

違う。目が笑っている。

エリカは笑うのを必死に堪えていたようで……やがて、限界を迎えて噴き出した。

「あっははは！　ごめんって！　そんなビックリしなくても大丈夫！　ウィッグだから！」

「え？　…………………ウィッグ⁉」

エリカが自分の頭から黒い髪を引っこ抜く。ズルッと動いた黒髪の塊の下から、見慣れた金髪が現れた。

黒髪の中に隠すために結っていた金髪をほどき、パチンパチンと髪留めを外していく。

あっという間に元通り。長い金髪をなびかせたエリカのご登場だ。

「ビックリしたか？」

エリカがニヤッと笑う。

「ビックリしたよ！　全然雰囲気が違うから、エリカじゃないみたいだった」

「ふーん？　で？　どうだった？　どっちの私の方が好みだった？」

「それは……俺は、エリカなら何でも似合うと思うし、どっちのエリカも好みだよ。どっちも可愛い」

からかわれたことにちょっと腹が立って、思いっきりストレートに気持ちを伝える。すると思った通り、エリカは赤くなって口を噤《つぐ》んだ。

人を煽《あお》るくせに自分は恥ずかしいってなんなのか。ただ可愛いかよ。いっぱい抱きしめたくて、ウズウズする。

――あぁ、むちゃくちゃ抱きしめたい。

『可愛い』と言いまくっててハグしたい。恥ずかしくて限界になったエリカに蹴られる予感しかしないけど、それでもハグしたい。

内心そんな葛藤をしつつ、俺は靴を脱いで家に上がった。

「しかし、いきなりどうしたの？　ウィッグなんか用意して」

「バイト中くらい、黒髪にしようかなって思って」

「へぇー？　そっか、染めなくても黒髪になれる方法を考えたのか」

「うん。金髪でも良《い》いって言ってもらえたんだけど、出来るだけ迷惑かけたくないって思って」

「え？　あの、その台詞《せりふ》は、既にバイトが決まってるように聞こえるんですが……？」

エリカがちょっと照れた顔をして頷《うなず》く。

「バイト、採用してもらえたんだ。駅前の喫茶店」

「え⁉　凄《すご》い！　いつ面接受けてたの⁉」

「今朝たまたま募集を見つけて、何となく惹《ひ》かれて、直接お店にお願いしに行ったんだ。今までどこでバイトしようとしても上手《うま》くいかなかったって話もした。そうしたら……オーナーとオーナーの奥さんが、その場で返事をくれた」

「良かったな！　エリカが本当は頑張り屋だってこと、お店の人も分かってくれたんだな！」

エリカの話を聞いていたら、俺もついつい嬉《うれ》しくなってしまった。

もう我慢出来ない。

勢いそのままで、エリカを抱きしめた。エリカも俺にすり寄ってくる。

「まだ一回しか話してないのに、私が頑張り屋だなんて分かるかよ？」

「分かる人には分かるよ。そういうものだから」

「そうかな？」

「そうだよ。いやぁ……諦めずによく頑張ったな」

「……高校三年生になったし、私だってちゃんと、ツカサとの未来のために頑張りたいと思ってたからさ」

　エリカが一つ大きく息を吐き出して、俺をまっすぐ見据えた。

「ここ一年近く、ツカサと付き合う前から、私はツカサに色んなことを教わってきた。今じゃ、料理本を見れば大抵のものは作れるし、掃除も洗濯も人並みに出来る。箸の持ち方も知らなかったあの頃とは大違いだ。自分で自分が変わったのを実感出来る」

「うん。エリカは本当によく頑張ったと思う。自分から『知りたい』『身につけたい』っていう強い思いがあったし。本当に偉いよ」

「ありがとう。でも、私が頑張れたのは全部、ツカサのお蔭《かげ》だよ。ツカサは何でも一生懸命教えてくれたし、教えるのが上手いし、あと……大学の文化祭に連れてってくれたり、買い物連れてってくれたり、息抜きさせてくれるのも上手だったから」

「そう言ってもらえるのは、嬉しいな」

　俺が微笑《ほほえ》むと、エリカも嬉しそうに微笑む。

　ここ数ヶ月でエリカはたくさん変わったけど、俺が思う最大の変化は、大人っぽくなったことだと思う。人をからかって遊ぶことが減り、落ち着いてきた。そのため、凛《りん》とした美しさが強調されてきたように感じる。

最近エリカの微笑みを見ると、胸の奥がソワソワして落ち着かない。

「私が望んでいる未来のために、私は確実に前に進んでいる。そして、ようやく私にも出来ることが見つかったんだ。今まではバイト行っても仕事がちゃんと出来なかったけど、今なら大丈夫な気がする。きっと臨機応変に頑張れるよ」

「おぉ……エリカの口から四字熟語が……」

「ちょっと！　そこは感動するポイントじゃない！」

「あ、ごめんごめん！」

付き合って八ヶ月が経《た》とうとしているが、日に日にエリカに対する愛《いと》しいって気持ちが増してくる。一生懸命頑張る彼女を見て、気持ちが冷めるって方がありえないんだろうけど。

俺を見つめるエリカの目がちょっと潤んで見えて、理性がグラグラした。

――参ったな。まだエリカは高校を卒業していない。健全なお付き合いをしなくちゃいけないのにな……。

自分が決めたケジメと戦いながら、もう一度エリカをぎゅっと抱きしめる。しばらくお互いの温《ぬく》もりを感じあった後、少し体を離すと目が合った。そのまま吸い寄せられるように、唇と唇が近づく——。

——ガタンッ。


物音がして我に返った。

音のした方を見ると、顔を真っ赤にしたマナがこちらを見て苦笑している。その足元には、マナのスマホが落ちていた。

「ごめん……。そーっとリビングに行こうと思ったんですが……手が滑りまして……」

「あ、いや、うん……」

「どうぞどうぞお構いなく続けてください……あはは」

「あ、はい……どうも。あ、プリンアラモード買って来たから、冷蔵庫に入れといてくれるか？」

「あぁ分かった……はい。入れとく」

兄と親友のキスシーンを目撃してしまった妹と、妹にキスシーンを見られた兄の気まずい気持ちが交錯する。

エリカも恥ずかしかったのか、赤い顔をしてうつむいていた。

マナがプリンアラモードの入った袋を受け取ってそそくさとリビングに移動した後も、俺とエリカはその場から動けないままだった。

「あの、エリカ……ちょっと場所と時間を改めようか」

「う、うん……そうだな」

そういえばまだ帰宅したばかりで、手洗いうがいも済んでなかった。取《と》り敢《あ》えず洗面所に行って気持ちを落ち着けようと、廊下を歩き出す。

ところが、俺の服の背中のあたりがぐっと後ろに引っ張られる。

後ろに体が傾《かし》いだ。俺の耳元にかかるエリカの吐息。

そして、そのまま耳元で囁《ささや》かれる。

「あとで……絶対に、今の続きな」

甘い声に心臓が跳ねて、俺は変な顔をしていたと思う。

将来のことを考えて常識を少しずつ覚えても、バイトが決まっても、エリカはエリカのまま。

隙あらば俺に挑発的な態度を取り、俺の心を……理性を揺さぶりにくる。

俺はくるっと振り返ってエリカに向きあい、エリカの頭をポンと撫《な》でて、負けじと挑発的な態度で返した。

「おう。バイト決まったお祝いも兼ねて、健全なお付き合いの範囲で、どえらいやつをしてやるから覚悟しておけ」

エリカの顔が瞬時に赤くなる。だが、すぐに俺に強い目を向けた。

「——上等だ」

天使のような見た目の美人ヤンキーJKが、小悪魔のように笑った。

あとがき

この本を手に取ってくださってありがとうございます。はじめまして、マリパラと申します。

マリパラは、YouTubeチャンネル【セカイノフシギ】で、漫画動画の原作となるシナリオを書かせていただいているシナリオライターです。どの動画のシナリオを担当しているか気になった方は、Twitterでマリパラを検索していただければと思います。

私がセカイノフシギチャンネルでシナリオを書かせていただくようになったのは、シナリオライターとして仕事を始めたばかりの時でした。その頃、セカイノフシギチャンネルは「〇〇したらどうなるか？」というもしもストーリーや雑学ネタがメインだったのですが、ご存じですか？　ご存じのあなたは古参のセカイノフシギファンですね。いつもありがとうございます。知らなかったというあなたは、是非過去の動画を観《み》てください！　あなたに役立つ動画がきっとありますよ。セカイノフシギ自体知らないというあなたは、いますぐYouTubeでセカイノフシギをチェックしてください！

もう二年以上、セカイノフシギでシナリオを書いてきましたので、それはそれは色々なことがありました。セカイノフシギの管理人であるセカイママと連絡を取り合い、沢山の人に観てもらえるチャンネルにするために何度も話し合いました。そしてセカイノフシギチャンネルは、今のような恋愛やスカッとするストーリーをメインとしたチャンネルに変化してきました。

セカイノフシギチャンネルのシナリオを書く時、私は『優しい世界』が描かれるように意識しています。誰もが「こんな世界になったらいいな」と思えるような、優しい世界です。動画を観てくれた人が、温かい気持ち、幸せな気持ちになったり、今日も頑張ろう……明日も頑張ろうって思えたりしたら、私も幸せです。『大人になっても道徳の授業が受けられるこのチャンネルいいよね』というコメントを頂いたことがありまして、とても嬉《うれ》しくてコメントをスクショしてあります。『このチャンネルのストーリーって五〇〇％童貞が作ってるよな』と書かれたコメントも大事にスクショしてあります。個人的にツボりました。

話を戻しますが、私自身、人生のどん底を味わった時期がありました。その時たくさんの人に支えられて、今の私があります。出会う人出会う人に、救われてばかりの人生です。

作中のマナは、エリカと出会っていなかったら、今、笑って暮らしていなかったでしょう。もちろんツカサも。そしてエリカは、ツカサと出会っていなかったら、常識知らずで大人から邪険にされたままだったでしょう。誰かの存在が、そのまた誰かを支えて救っていく。普通に生きているだけでも、私たちは救い救われを繰り返していると思っています。

私に生き甲斐《いがい》をくださったセカイママ、共にチャンネルの土台を支えるシナリオライターの皆様、縁の下の力持ちであるネーム担当の皆様、シナリオの世界を見事に可視化してくださるイラストレーターの皆様、心を解きほぐすような美声を吹き込む声優の皆様、動画としてまとめ上げてくださる動画編集者の皆様……そして、セカイノフシギチャンネルを応援してくださる皆様には、日々感謝しております。

今回、セカイノフシギチャンネルの動画をノベライズするにあたり、「マリパラさん、書いてみます?」とセカイママがお声掛けくださいました。無名の私を信じてくださったセカイママ、担当編集のS様、富士見《ふじみ》ファンタジア文庫の編集部の皆様、本当にありがとうございます。イラストレーターの一乃《いちの》ゆゆ先生。どのイラストも素敵で震えましたが、カバーイラストを拝見した瞬間、「懐《なつ》いちゃったヤンキーJKエリカがここにいる!」と感動しました。本当にありがとうございます。

この本を読んでくださったあなたの心に、何か温かいものを残せたら幸いです。

これからもセカイノフシギチャンネルをよろしくお願いいたします。

マリパラ

お便りはこちらまで

〒一〇二‐八一七七
ファンタジア文庫編集部気付
マリパラ（様）宛
一乃ゆゆ（様）宛
セカイノフシギ（様）宛

富士見ファンタジア文庫

妹《いもうと》の友達《ともだち》の美人《びじん》ヤンキーＪＫ《ジェーケー》
世間知《せけんし》らず過《す》ぎて世話《せわ》を焼《や》いていたら惚《ほ》れられました

令和３年７月20日　初版発行

著者——マリパラ

発行者——青柳昌行
発　行——株式会社KADOKAWA
〒102-8177
東京都千代田区富士見2-13-3
0570-002-301（ナビダイヤル）
印刷所——株式会社暁印刷
製本所——本間製本株式会社

ISBN978-4-04-074186-4 C0193

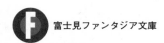

雨音恵
ILLUST
kakao
「一葉《ひとつば》さん、早く着替えないと遅刻するよ?」

「勇也《ゆうや》君が着替えさせてくれます?」

「はい!?何言ってるの!?」

「ぬーがーしーてー」

「わかった……ハミガキ終わったら脱ごうか」

「え!? え、いや、やっぱり……その……」

「ほら早く!」

「……勇也君!?」

#同棲 #一緒にハミガキ #カップル通り越して夫婦 #糖度300%

I'm gonna live with you not because my parents left me their debt but because I like you